誘惑

Story by YUKI HYUUGA
日向唯稀
Illustration by MAYU KASUMI
香住真由

カバー・本文イラスト　香住真由

CONTENTS

プロローグ

『どうしてこんなことになったんだ!?』

そんな疑問が美祢《みね》の頭を掠《かす》めたときには、すでに状況は『後の祭り』というやつだった。

冷ややかな口調《くちょう》で男が言いきり、その手が華奢《きゃしゃ》な肩を掴《つか》んだ瞬間、美祢は心底から『犯《おか》される!!』と実感した。

強引極まりない手管《てくだ》で肉体を拘束《こうそく》され、大理石で作られたダイニングテーブルに上半身を貼《は》りつけられたような姿で押し倒され、あげくに押《の》しかかられたときには、美祢は高まる恐怖感から無意識に声を発した。

「いやっ…っ!!」

けれどその声は、恐怖であげた悲鳴というにはあまりに甘く、また艶《あで》やかな喘《あえ》ぎ声のようで…。

美祢は自分のことながら驚き、湧《わ》きあがった羞恥《しゅうち》で全身が一気に熱くなった。

「――へえ、意外に可愛《かわい》い声も出すんだね。これなら少しは、楽しめるかな?」

そんな美祢の羞恥を煽《あお》るように、男はクスッと微笑を浮かべた。

「つ…」

その男は、憎らしいほど端正《たんせい》で、美しい貌《かお》を持っていた。

その顔で浮かべる冷笑は魔界の生き物のようで、見ているだけで魂《たましい》が吸い取られた。

にもかかわらず、美祢はおのれの鼓動《こどう》が一際《ひときわ》大きく高鳴ったことに対し、正直戸惑《とまど》った。貞操《ていそう》の危機に連打していたはずなのに、それがいつの間にか別の意味を発していて。

『ちっ、ちくしょうっ!!』

ギクリでもなければ、ビクリでもない。

たしかにドキリとときめいたことを自覚すると、美祢は腹立たしいやら悔《くや》しいやらで、舌打ちさえ出そうになった。

「とはいっても、男でどこまで楽しめるんだかは、わからないけど」

しかし男はなおも微笑《ほほえ》むと、美祢の耳元に唇を寄せては、腰に絡《から》みつくような甘美なバリトンで、皮肉ったことばかりを並べ続けた。

「でもま、同じ労力を使うんだったら、それなりにこっちもいい思いはさせてもらわないとね…」

『この…野郎!!』

美祢の柳眉《りゅうび》が吊り上がる。

「そうじゃなければ、賭《か》けに勝った意味がないからね――」

美祢は肉体に力を入れると、全身で迫りくる男を拒《こば》んだ。

「ねぇ、無謀《むぼう》なジュリエット」

「――!!」

しかし、美祢にはもうこの場からもこの男からも、逃《のが》れることができなかった。

「やっ…っんっ」

薄くて形のよい唇が近づいてくると、頑《かたく》なに瞼《まぶた》を閉じながらも、触れ合う瞬間がくるのを待つことしかできなかった。

「んっ…っ」

捕《と》らえられて、奪われて。その男の手に堕《お》ちることしか、残されてはいなかった。

『ちくしょうっ、ちくしょう、ちくしょうっっっ!!　なんで僕がこんな目に遭《あ》わなきゃならないんだよーっっっ!!』

どれほど内心で罵声《ばせい》をあげようとも。どれほど全身で拒絶しようとも。

今だけは声一つ漏《も》らすことを許されず、男の唇《くちびる》に自《みずか》らの唇を塞《ふさ》がれ、すべてを奪われていくことしかできなかった。

『ちくしょーっっ!!』

1　ゲームメイク

話は一週間ほど前にさかのぼる。

そもそもあたり前のことだけに見逃しがちなことではあるが、人には誰にしも『得手・不得手』というものがある。

それらは特技と呼ばれる技術的なことであったり、また『苦手だな…』と思える人間であったりと、じつに多種多様でさまざまな実態を持っている。

しかし、この得手・不得手というものは、時にうっかりすると『人生最大の過《あやま》ち』に繋《つな》がることがある。

その大概《たいがい》は『特技を過信して失敗した』という例になるのだろうが、最悪なのはそれにプラスして『軽い遊び心』が加わっていたときだ。

早い話、自信満々に浮かれて行動し、ドジを踏《ふ》む。

これは自信満々というところに普段の何倍も勢いがあるだけに、ただのドジより破壊的な威力をもっている。

だが、人というものは愚《おろ》かなもので、そういうドジほど踏んでみなければわからない。

知らず知らずに失敗し、ドツボに嵌《は》まり、落ちてみなければ過信したおのれ自身にも気づかなかったりするのだ。そうでなければ、『後悔先にたたず』などということわざも生まれないであろうし、今世まで生き残ってもいないだろう。言葉とは、じつによくできたものなのである。

そしてここに、まさにそんな失態のために、人生の分岐《ぶんき》点で道を大きく踏みはずしていった青年…とはまだ言いがたい面立ちを持った、一人の少年がいた。

その少年の名は美祢遥《はるか》、十九歳。

全国でもかなりレベルが高く、優秀と評判の私立・聖志館《せいしかん》大学に通う一年生だ。

彼は現在学部内の演劇部に青春をささげている、わかりやすいぐらい天真爛漫《てんしんらんまん》な男子で、中性的とも思わせるビジュアルがなんとも魅力的な、いわゆる美少年だった。

演劇部内でも構内においても、人気女優のような存在だった。

——女優!?

もちろん、大学は共学であるし、女子部員も豊富で粒の揃《そろ》っている演劇部——なので、本来なら決してわざわざ男である彼を飾り立て、舞台へと祭り上げる必要はない。

そんなことになったのは、はっきりいって話題づくりが発端《ほったん》だった。

今日日《きょうび》、何事にもノリが悪く無関心な客(生徒)に対して舞台への興味と好奇心をそそるために考えられた、演劇部苦肉の策というやつだった。

だが、祭り上げられた美祢にとっては、それが思わぬ結果を招いた。

大げさなようだが、運命さえも変えてしまった。

自他とも認める演技力はともかくとして、本人を無視して周囲が褒《ほ》め称《たた》える美祢の美顔は、想像以上に周囲を魅了してしまったのだ。

特に先ごろ行われた文化祭にて演じた『ロミオとジュリエット』の〝ジュリエット〟があまりにはまり役で好評で、

「なんて可憐《かれん》で美しいんだ♡　まるで本物の少女のようだ♡」

美祢遥という人間の名前を大学中に知らしめ、また誰もが名前と顔の一致《いっち》する有名人にまでのし上げてしまったのだ。

しかし、だからといって、それの何が、美祢に『貞操の危機』さえもたらすほどの『特技↓過信』に繋がったかといえば、こういう成り行きがあってのことだった。

それはある日の午後のこと――――。

一日の授業を終え、さぁこれから楽しいクラブ活動だ!!　となった時間、美祢は演劇部の部長である三年の上田知英《うえだともひで》（二十一）や、同級生である仲田章吾《なかだしょうご》（二十）、吉田忍《よしだしのぶ》（十九）と合流し、部室へ向かって廊下を歩いていた。

「しっかしさ〜。美祢に比べたらそこいらの女優も霞《かす》んで見えるかもな♡　本当、徹底《てってい》して少女を演じきっててさ。俺はジュリエットを得意とした、あのブロードウェイの有名女優、ミッチー・マクレガーも真っ青なんじゃ!?　って思ったもん。俺たちの中で一番芸歴が浅いとは思えないよ。やっぱりそもそも素質があるんだよな。役者としてのなんかこう、キラッってするものが。美祢にはさ」

　が、そんなときだった。

　思い出したように仲田が先日のジュリエットをべた褒めし始め、そうじゃなくても単純な美祢の足取りを軽くし、機嫌をよくしてしまったのが発端だった。

「そ、そんな仲田!!　やめろよもぉ！　恥ずかしいからその話はするなって言ってるじゃん♡」

　むろん、ここまで立派に育った成人男子としては、女装を絶賛《ぜっさん》されても、喜んでいいものなのかどうかは複雑極まりないものだった。

　なんせ、美祢にはそもそも女装の趣味もなければ、別に女になりたいという願望もない。

　そうじゃなくても昔から、迷惑なぐらい『女顔』だと言われるので、その反動からより男らしくふるまおうと心がけてきた部分もあった。かっこいいと言われれば嬉しいが、綺麗《きれい》だの可愛いだの言われるのは苦手な口なのだ。

　だが、それらすべてを取っ払って、純粋にこれが『演技力への賛美』であるなら、美祢は鼻も高いし自慢もできると感じていた。役者としての自分が女を演じ、女として見られ、そして絶賛されるぶんには鼻も高いだろうと納得できたのである。

「でもさ、いくら可憐なジュリエットでも、あれは舞台の上のロミオ相手だからこそだよな。もし生の男が相手だったら、いくら美祢でも女を演じとおすのは無理だろうし」

だが、そんな美祢の機嫌に何気なく横槍《よこやり》を入れたのは、上田のこの一言だったたった。

「なっ…何、部長？　その生の男相手って？」

「だからさ、どんなに美祢の演技が達者でも、舞台の上じゃなくて普通の街中で男をナンパしたり騙《だま》したりするのまでは、さすがに無理だろうな〜って、言ったんだよ♡」

「部長…。無理とかそうじゃないとかいう以前に、よくそんなこと思いつきますね」

仲田は呆《あき》れた顔で言葉を返した。

しかし、性格的には生真面目《きまじめ》なくせして、こういうふざけたことも平気で言うところが、上田の親しみやすいところであり、また二学年違いではあっても付き合いやすいところだった。

「だって、あれだけ完璧な姿を見せつけられたら、実際どれぐらいまで美祢の女装って通用するのか、興味が湧くだろう？」

「なるほど、そういう発想ね。でも、だったらそんなの楽勝だよ、美祢ならさ」

仲田は話の筋を了解すると、自分のことのように自信満々に「できる」と言いきってみせた。

「自分じゃどう思う？　美祢」

すると上田は、そのまま話を美祢へと振った。

「えっ、僕？」

「そ。演技派の美祢くん♡」

ニッコリとさわやかな笑顔で尋《たず》ねられ、一瞬美祢は戸惑った。

ほんの三秒前まで『何を馬鹿な話をしているんだ…』と思っていたのだが、『演技派』と言われて切りこまれたために、話を思いきり真面目に受け止め、「え？　ええ!?」と首を傾《かし》げてしまったのだ。

どうも役者は、『演技派』という言葉に弱いらしい。

「でも、それってそもそも演技力の問題なの？　いくらスッピンの美祢が、そこいらの女より美人だっていっても、舞台化粧してライト当てるのとは違うんだよ。普通に考えたって無理に決まってるじゃん」

「吉田…」

おまけに美祢は、どんな些細《ささい》な話であっても、「無理だ」と言われるとどうにもこうにも逆らってみたくなる性質だった。

「いや、美祢なら絶対にできる！　俺は千円賭けてもいいね」

「無理だよ！　いくら美祢でもすぐバレるよ。勝手が違うって。オレなら無理だってほうに千円賭ける!!」

「んじゃいっそ、試してみるっていうのはどうだ？」

「え？　試すっ!?」

そこへ持ってきて「実践《じっせん》あるのみ」という提案が出されたものだから、話は美祢本人にとって、とんでもない方向へと転がるはめになった。

「そ。試しに美祢にやってもらえばいいんだよ。仲田はできるに千円。吉田は無理だに千円。俺はどっちかっていうと無理なんじゃやって感じだから、無理だに千円。賭けは成り立つだろ？」

「なっ…、だからってなんでそれで、僕が女装して街中で男をナンパしなきゃなんないんだよ!!」

こうなると友人三人というよりは、悪友三人にいいように担《かつ》がれ、遊びのネタにされたにすぎないというオチになった。

「やっぱり…、そこまでの演技には自信ないか？　美祢」

「だよな、舞台とは別問題だよな」

「そうか、無理なのか」

しかも、怒りまくっている美祢に対し、扱い方を知っている悪友たちは、

「そ、そういう言い方されると…逃げられないじゃんか」

「もちろん、タダでとは言わないよ。もし騙しとおせたら学食のチケット一週間分！　俺がお前に贈呈《ぞうてい》してやるよ」

美祢がひるんだすきに、ここぞとばかりに条件を出してきた。

「え!?　一週間分!?　それマジ？　上田部長！」

「んじゃあオレは、結果に関係なく美祢が試しにやってくれるっていうなら、部室の掃除当番を一週間代わってやるよ」

「本当か？　吉田」

「それじゃあ俺は、レポートの代筆でどうだ？」

「……仲田」

これは餌《えさ》だ――と、美祢は思った。

しかも、三百六十度どこを向いても餌だらけという撒餌《まきえ》だ。

こういうときは、たんに人を肴《さかな》にして、みんなで楽しみたいだけなのだ。

『――うーん』

しかしそれがわかっていながらも、次々に出されたこの代償は、美祢にとっては心を動かされるものだった。

「しょうがないな…。一度だけだよ」

「よしっ!!　決まり!!」

ついつい賞品目あてともいえるゲームに、美祢はしぶしぶながらも承諾《しょうだく》してしまった。その話が出てから実際に賭けが決行されるまでは、美祢が呆気《あっけ》に取られるほど早かった。

「じゃじゃーん♡　姉ちゃんから美祢用の衣装、借りてきたぜ♡　見よ！　これぞ高級乙女ブランドのクイーンオブクイーン！　アンジュ社から今期新作として登場した、その名もジュリエットシリーズのツーピース!!　ハイウエストで絞《しぼ》りながらも、全体的にマーメイドラインで仕上げられた一品で、コンセプトは都会のジュリエット。特に、やわらか〜いフワフワのアンゴラニットを使用

していたドレスに、同じく手編みで丁寧《ていねい》に仕上げられた、ボレロが付いているところがポイント♡

これまでのレース・フリル・リボンの、ブリブリ可愛い乙女チック路線からちょっくら脱皮して、キュート&エレガンスを目指して作られてるって話らしいから、あれだけ舞台でジュリエットをこなした美祢には、ぴったりな服だろう？」

「すげぇ。たしかにぴったりかも。オフホワイトでやんわりしているところがキュートなのに、ウエストから腰にかけてのラインがちょっとセクシーで。まさに少女以上女未満の絶妙なデザイン!!でかしたぞ吉田!! 美祢には似合いすぎかも!!」

「へへへ。そうだろう♡ 姉ちゃんが夏のボーナスはたいて買ったのを見たときから、美祢が着たほうが似合いそうって思ってたんだ♡」

まるで、

『おいおい吉田、それってどういうことなんだよ。もしかしたら最初から僕を嵌めるつもりで、あんな話と賭けを切り出したんじゃ…!?』

と脳裏《のうり》によぎるほど、美祢の変装の準備はすみやかに進められた。

それこそ賭けの話を聞きつけ、悪乗《わるの》りして参戦してきた女子部員の協力も加わり、美祢は最新のナチュラルメイクをほどこされ、地毛にかなり近い長髪の付け毛をつけられ、仕上げにマーメイドドレスを着せられて、見る見るうちに『都会のジュリエット』へと仕上げられていった。

「は〜。清楚《せいそ》、可憐、エレガント。まさにって感じだな」

「それにしても美祢くん、この九号が難なく着れるってところが、思いきり憎《にく》いわ。ここのブランドって、そうじゃなくても号数より少し絞って作ってあるのに…」

「本当。特にこのシリーズって、七号と九号しか出てなくってさ。高いから買いたくても買えないって以前に、着たくても着れないから買えないって乙女が山のようにいるのにさ」

『そんなこと言われたって…、どんなに食べても太れない体質なんだもん』

それこそあまりの仕上がりといおうか完璧さに、とりあえず「無理だろう」に賭けた者たちが、

「しまった…」と呟《つぶや》くほどのでき栄《ば》えだった。

「ま、とりあえず準備は整ったってことで♡　美祢、行こうぜ行こうぜ、男ひっかけに♡」

だが、そんな無責任な仲間たちに連れられて夜の新宿に繰り出すと、美祢はものの見事に数人の男をナンパし(され?)、さんざんご馳走《ちそう》になったあげくに帰りはタクシー代まで出してもらうという、ちゃっかりジュリエットを演じきった。

「やだなぁもう…♡　こんなことで食事代ういちゃうなんて、僕って超ラッキーかも♡」

それこそ、勝利の食券とレポートを握りしめながら、勝ち誇《ほこ》った笑みを浮かべてしまうほど。

世の中の男なんて、なんだかたいしたことねぇな…などと思ってしまうほど。

「しまった。美祢は飯がかかると普段の数倍も力を発揮《はっき》するやつだって、忘れてた…」

「それはたしかに…」

しかし、美祢本人が大成功にすっかり調子に乗って上機嫌になってしまうと、惨敗《ざんぱい》を喫《きっ》した上田

や吉田からは、わざとらしいぐらいのクレームが出た。

「いや、あれは男が馬鹿すぎたんだ！　もっとスケコマシの百戦練磨《ひゃくせんれんま》なら絶対にバレたはずだ!!」

「そうそう。相手に見る目がなさすぎたんだよ!!」

失敗したって、どうせ騒ぐのは同じなのだがこれが彼らにとっては日常茶飯事というやつだった。

そして、その後も面々は「こうやって騒ぐのが楽しいのだ」と言わんばかりに、やんややんやとはしゃぎ立て、構内の廊下を子供のように歩いていた。

「往生際《おうじょうぎわ》が悪いなぁ、上田部長も吉田も。素直に僕の演技力を認めてよ♡」

だが、廊下でそんな戯《ざ》れ方をしていて、何も起こらないわけがない。

美祢は、調子にのってはしゃいでいると、たまたま対向して歩いてきた、白衣の学生と思いきり衝突《しょうとつ》してしまった。

「つと、うわっ！」

「あっ!!」

「美祢っ!!」

相手の男子学生がかかえていた、何冊ものぶ厚い本や資料を、一瞬にしてその場に散らかしてしまった。

「ごっ…ごめん。ごめんな！」

美祢は慌てて拾い集めると、手際《てぎわ》よく纏《まと》めて男に手渡した。

「………いや…、どうも」

すると、返ってきた答えといおうか声は、さぞ舞台栄えするると思わせる、甘くて深みのある、それでいて響きのある声だった。

「――――!!」

美祢は一瞬、相手の声にゾクリと背筋から腰のあたりを嬲《なぶ》られ、ビクリとしながらも男の顔をまじまじと見た。

『――――え!?』

が、拾った本を手渡した男の姿には、それ以上にビックリさせられた。

『今どき、こんな学生いるの!?』

なぜなら男は、心底から感心してしまいそうになるほど、いかにも『勉強しにきてます!』というタイプで、まったく身なりを気にしていないというか、オシャレという単語からは徹底的に遠のいた人間だったのだ。

『髪はブラシも入ってない、いかにも朝起きたままって感じだし。洗いざらしで白衣はヨロヨロ。勉強熱心そうな眼鏡《めがね》だけど、これじゃあ顔もろくにわからないうえに度もきつそうだ。美声だけが浮いてて、なんかもったいないねぇ』

しかもよっぽど睡眠不足か何かなのだろうか?

男は美祢から本を受け取ると、軽く会釈《えしゃく》をしてからフラフラと立ち去ってしまった。

「……大丈夫か？　美祢」

呆然《ぼうぜん》としている美祢に、思わず吉田が声をかける。

「え？　うん」

「今のたしか橘《たちばな》季慈《きいつ》だよな。この学校の理事長の息子の」

「――――は？」

だが、当の美祢が「今何かおっしゃいましたか？」という顔をすると、友人たちは今の男に対して、自前の情報を次々と提供してくれた。

「ああ。そうそう。学園経営から都市開発まで手がけてるうえに、ホテルマンデリンググループや、ブランドアンジュ、橘物産なんかの多種多様な会社を系列として抱えている巨大複合企業、橘コンツェルンの会長ご子息さまだよ。すんげぇ頭がいいって噂だけは聞くんだけどさ、なんせ研究室とかに籠《こも》りっきりなもんだから、みんなあいつが勉強してるか、あんな姿でフラフラしてる姿しか見たことないって話だけど」

「うん。そういえば、今年の新入生に理事長の息子が入ってくる！　って聞きつけてさ、玉の輿狙《こし》った女子がわんさかいたらしいんだけど…、さすがにあれじゃあ勢い失《う》せたらしくて、誰も声をかけないらしいぜ」

「……そりゃ、そうだろうね」

美祢は軽く相槌《あいづち》を打ちながらも、たしかに同性の自分でさえ、あれではなかなか声をかけようという気にはならないよな、と素直に納得してしまった。

「…でも…すごい声だったな」

けれど、それでもそんなやつだからこそ、美祢の中でひどく印象に残ったことはたしかだった。

「何？　どうしたんだよ、美祢」

しかし、いまだにムズムズとくすぐったい感じが残っている腰を摩《さす》る美祢に、友人たちはそろって首を傾げた。

「いや…別に」

まさか、野郎が野郎の声で腰にきたんだ…とは言えず、笑ってごまかしたが。

「なら、さっきの話だけどさ」

「何？　なんの話だっけ？」

「ナンパの話だよ！　次はもっとグレートなやつを標的にしようぜ。そこらの大学生じゃなくてさ、どうせならホテルの前でとんずらしても罰が当たらないぐらいのスケコマシ！　ナンパなれした男にターゲットを絞ってさ」

「ホッ…ホテル!?」

だが美祢は、上田に出された新提案が、あまりにグレードアップしているので、作った笑顔は固まり、声も自然と上ずった。

「そう！　そのかわり賭ける食券を一ヵ月分に増やすから。今度は俺たちが指定した男を誑《たぶら》かし、相手が美祢を女だと思いこんで、ホテルまで誘ったらお前の演技力の勝ちってことでさ。どうだよ美祢、自信ないか？」

しかし、上田はひたすらに楽しそうだった。

「ちょっ、ちょっと待ってよ、上田部長!!　自信がどうのっていう前に、もしも本当にそのままホテルに連れこまれたらどうすんですよ！」

「なに、それは俺たちが陰からこっそりと見守っててやるから大丈夫だよ。それに、万が一にもヤバイってことになったって、お前、正真正銘《しょうしんしょうめい》の男じゃないか。いざとなれば相手のほうが、しまったと思って逃《に》げるだろう」

「あ…、それもそっか」

美祢にすれば、本来ならそうかそうかと納得している場合ではないはずなのだが…。

「どうする？　無理か？」

「またそう聞く…。しょうがないな」

どこまでも食べることに貪欲なうえにアルバイトで生計を立てている身、しかも前回の勝利に酔《よ》っている今とあっては、考えるだけ無駄という状況だった。

美祢は目の前にぶら下がった『食券一ヵ月分』に心をホイホイと動かされると、上田からの申し出にあっさりとうなずいてみせてしまったのだ。

「じゃあ、決まりな!!　取りあえずは俺たちが舞台になる場所や、ターゲットの目星をつけるから、それが見つかったら決行な！　せいぜい都会のジュリエットに、なりきる練習しとけよ！」

「おっ…、おう！」

果たして決行日がいつになるかは、悪友たちのみぞ知る…というところではあったが。


そして、それから数日後の深夜——。


「う〜ん。いまいち、めぼしいやつがいないなぁ〜」

美祢に勝負を取りつけた上田はターゲット探しをするために、吉田と仲田を引き連れ、夜の街へと繰り出していた。

「ねぇ、もうやめましょうよ。こんな賭けなんかしなくたって、部長が素直に美祢に向かって、好きなんだジュリエット。だからもう一度艶姿《あですがた》を見せてくれって言えば、簡単なことじゃん」

しかし、それらしいターゲットにめぐり合えないまま数時間がたつと、吉田は疲れと寒さから、上田に向かってぼやき始めた。

「そうそう。食券のことにしたって、本当は美祢に奢《おご》ってやりたいだけでしょう？　あいつ自分のバイトだけで一人暮らしを頑張《がんば》ってるから、少しでも俺の愛で助けてやりたい♡　って気持ちでさ。俺たちちゃーんと知ってるんですよ、部長の何気ない恋心♡」

仲田もここぞとばかりに、上田をおとしいれにかかった。

「おっ…、お前ら何言ってるんだよ！　そんなはずないだろうっ!!」

だが、どうも役者としてはまだまだ甘いのか、上田は言葉では「違う」と否定したが、顔にはしっかりと「そのとおりです」と表れていた。

「認めちゃえって♡　だってさ、どんなにノーマルな男だって、あのジュリエットを見せられたらグラッときても不思議ないもん。ましてやロミオを演じて、役の上とはいえ美祢と生キッスまでしちゃった部長なら、心どころか生殖機能まで堕《お》とされたとしたって、仕方がないですんじゃいますよ」

しかも、それが「あたり前のことですよ」と言われると、

「そっ、そうかな？」

上田が頑なに明かすまいと思っていた胸のうちは、呆気ないほど開けっぴろげになってしまった。

『わかりやすいのは美祢と同じだな』

『――――ん』

吉田と仲田は目配せしあうと、小さくうなずきあって納得した。

「そうですよ。だからもう帰りましょうよ。こんなところで途方に暮れてるぐらいなら、いっそ部長がナンパ男に変装でもして、美祢に誘わせたほうが早いですよ」

「――――え!?　俺が!?」

おまけに吉田が新《あら》たに、このほうが絶対に名案だ!!　という話を切り出すと、上田は驚いた顔を

見せながらも、『それはいいかも♡』と満面の笑みを浮かべた。

「そう。ジュリエット美祢にナンパさせて、引っかかったふりしてホテルに誘う！　これなら堂々と告白できるうえに、うまくいけばそれ以上も…」

「あっ、ちょっと待った!!　あいつ、ターゲットはあいつがいい！」

「――――へ!?」

しかし、そんな会話を一瞬にして打ち切り、その場を緊迫させたのは、何気なく二人から視線を逸らしていた仲田だった。

吉田と上田は言われるままに仲田の視線を追いかける。

と、そこにはプールバーの前に停められた、一台の漆黒《しっこく》のフェラーリがあった。

低い車体から降りてくる人物をジッと見つめていると、中からはスラリと伸びた中肉長身に、似合いすぎる一流メンズブランド、ＳＯＣＩＡＬ《ソシアル》のスーツとコートを身に纏った、いかにも色男なサングラス野郎が、颯爽《さっそう》と現れて店の中へと入っていった。

「あっ…、あれか？」

仲田に問いかけた上田の声が、思いがけずに上ずった。

たしかに「あれ」は探していた条件にピッタリな男ではあるが…。むしろピッタリすぎないか？

と、不安になったのだ。

「素性《すじょう》は知りませんけどね。このあたりの店じゃけっこう顔なんですよ。自分から声はかけない。

でも、声をかけてきた美女は片っ端から食っちまうってサイテーな野郎っ!!」

そんな上田に対し、仲田はことのほか力強く訴《うった》えた。

「お前…、通りすがりに見つけたにしてはずいぶん詳しくないか？」

「夏に彼女寝取られたんですよ!! すっかり忘れてたけど、見たらふつふつと思い出してきた!!」

しかし、それには並々ならぬ事情があったようで…。

「――あっ!! それってもしかして、あの突然フラれたってやつか！ たしかお前の彼女にしちゃ、すげえ美人だったよな!!」

吉田が思い出したように叫《さけ》ぶと、仲田は「一言よけいだ!!」と、吉田をド突き倒した。

「ああ、そうだよ！ 俺が忙しくて構ってくれないから寂《さび》しかったのよ！ とか言いわけしたくせに、でも目を閉じるとどうしてもあの人の顔と肉体美が浮かぶのよ♡ とか。声がたまらなくセクシーだったの♡ とか。たった一晩って約束でのことだったけど、十年分幸せな夜だったわ。あなたと違ってセックスうまくって♡ とか言いやがったんだよ、あの女っ!! ちくしょーっ！ 何がフェラーリだっ！ 何が声がセクシーだっ!! 一晩限りの約束なんて、ただのやり捨てナンパだってことじゃねぇか!! まるっきり遊びです！ ってことじゃねぇか!! だから金も力もある色男なんか嫌いなんだ!! 男の敵なんだ!! 人類の天敵なんだ!! あんなやつは排除だ、排除!! オゾン層破壊より始末に悪いっ!!」

私情に走って怒りをぶちまける仲田は、誰にも止めることができなかった。

「ま、まあ落ち着けって。それだけ女好きならターゲットにはもってこいだ。このさい賭けがどうのというより、美祢に敵《かたき》をとってもらえばいいじゃんか。さんざんその気にさせといて、ギリギリのところで、相手の自尊心ボロボロにするようなキツーイ一言でもかましてもらってさ♡」

よって、仲田は吉田の言葉に速攻で「それはいい！」と意気ごむと、結局この話はこれで決定ということになった。

「じゃあ、ターゲットはあのフェラーリの男で決まりな!!」

「それじゃあしばらく張って、行きつけの店と出没時間をチェックしよう!!」

とはいえ——。

『あのフェラーリ男を張りこみかぁ…。なんか高級店を転々とされそうで、それだけでもけっこうお金がかかるかもな…』

どこまでも現実をシビアに考えてしまったのは、じつは『変装して美祢にナンパされてみたかったな…』と、密《ひそ》かに思っていた上田だけだった。

そして、数日がたった金曜の夜。

「じゃあ、くれぐれもターゲットを間違えないようにな！　美祢!!」

「ＯＫ♡」

決められたターゲットと妙な因縁があることも知らずに、美祢はおのれの演技力の証明と、単純に食券欲しさで再び都会のジュリエットへと変身をした。

2　誘惑

美祢ふんするジュリエットの舞台となったのは、六本木界隈《かいわい》のビルの地下にあるプールバーだった。

そこは老舗《しにせ》・高級と呼ばれるわりには、落ち着いたムードを漂わせているのはカウンターの一角だけで、ビリヤードを中心に置いているフロアの客席のほうには、意外に若いビジネスマンなどがあふれているお手軽な店だった。

そんな店にターゲットの男が姿を現すと、美祢はあとを追うように自分も店内へと入っていった。

男は今夜もブランドもののスーツ姿にビジネスバッグという出《い》で立ちで、その姿だけで判断するならエリート商社マンのようだ。が、本人からにじみ出ている派手な存在感は、芸能人のようにも見えた。

だが、あえて深く考えずに判断しようとするならば、ただの金持ちのボンボンのようにも見える。

『なんとも得体の知れないターゲットだな…』

結局、美祢がその男に対して覚えた印象は、わからんやつだ…というのが正直なところだった。

『さてと、どうしようかな』

美祢は最初にカウンター近くのボックス席に一人座ると、カウンターに座った男の様子をひたすら窺《うかが》い見ていた。

上田たちは美祢とはバラバラに店に入り、すでにビリヤードを楽しみながら様子をジッと見守っている。

そんないくつもの視線に晒《さら》されているとも知らず、男は席に落ち着くと、溜め息混じりに呟いた。

「マスター、いつもの」

「はい」

いかにも常連の会話だった。

だが、その微《かす》かに聞こえた会話を耳にすると、美祢は一瞬『?』と首を傾げた。

『どっかで聞いたような声だな』

頑張って記憶を巡《めぐ》らせてはみたが、視界の中にいる男の姿から、美祢の知る声の主を思い出すことはできなかった。

だが、それも当然といえば、当然のことだった。

漆黒のフェラーリを乗りこなし、ブランドのスーツに身を包んだ〝いかにも男〟が、じつは美祢が以前構内の廊下でぶつかった、あのダッサイ橘季慈であるなどとは、この場合なら想像できなくとも不思議はない。

考えろというほうが無理がある。

なんせ、季慈のデータだけなら美祢よりはるかに持っている上田たちですら、まったく気づく気配がないのだから。

『ま…、いっか。今はほかのことに気を取られている場合じゃないし』

それゆえに美祢は、聞き覚えのある声というのは、いささか気にかかったが、変にこだわるのはやめて、現状へと意識を戻した。

「だいぶお疲れのようですね。今夜も寝酒ですか？　それとも口直しに？」

マスター！はロックグラスにバーボンをダブルで入れると、それを季慈の前に置きながら、心配そうに話しかけていた。

「口直しだよ。まったく親父ときたら人使いが荒いんだから。いくら僕はまだ未成年だって言っても、大学の帰りに呼びつけてはお得意様を接待させるんだ」

そう言って苦笑を浮かべながらも、季慈はグラスを口にした。

「社長も坊っちゃんの使い方を心得てる人ですからね」

「せめて学生の間ぐらいは、勉強だけさせてほしいんだけどね」

美祢にとって、すでに舞台と役者は揃っていた。

あとはどこでどんなタイミングで、この舞台の幕を開けるかを計るだけだった。

「勉強だけ？　女性のですか？　いくら若くても何日かおきにオールナイトじゃ、そりゃ疲れますもんね」

しかしそんな間にも、季慈はマスターに何気なく素行の悪さを突っこまれ、グラスを落としそうになっていた。

「マスター！　何度も言うようだけど、僕は別に自分から誘ってるわけじゃないからね」

「わかってますって！　耳にタコですよ。女のほうから寄ってくる。あからさまに誘ってくる。これじゃあ断ったら失礼だ。でしょう！　ま、坊っちゃんぐらいパーフェクトだったら、女のほうが放っおかないでしょうから、それも仕方がないでしょうけど。それにしても、あれだけこなして後腐れも残さずに次から次へと渡るんだから…。たいしたもんですよね♡」

「マスター。それ全然褒めてないよ」

マスターの突っこみが事実なだけに、季慈は否定はしなかった。が、季慈いわく、目の前にご馳走を出されれば、どうもありがとうと食ってしまうのは男の性《さが》だ！　というものがあるので、あえて肯定はしたくなかった。

「褒めてますよ。っていうより、モテモテで羨《うらや》ましいって言ってるんです。ただ、その年から女に食い飽きたからといって、流行《はや》りものの同性や妖しげな趣味に走ることだけはないようにしてくださいよ！　たった一人の跡継ぎ息子なんですから、そんなことになったら、それこそ社長が大泣きしますからね」

「流行りものねぇ…」

しかし、季慈が『そういわれると、たしかにそろそろ女も飽きてきたな…』などと邪《よこしま》な考えに囚《とら》われたときだった。

マスターは空《から》になったグラスの代わりに、すかさず二杯目を差し出すと、

「ところで坊っちゃん…。今夜もすごい美女がさっきからこちらを気にしてますよ」

カウンターから身を乗り出し、ポソリと季慈に耳打ちした。

『――――え？』

マスターの視線が、季慈を見ていた美祢へと流れた。

そして釣られるように季慈の視線も美祢に流れると――――。

『え!?』

季慈は女装している美祢の姿に驚くと、とっさに目を凝らしながらかけっぱなしだったサングラスをスッと外した。

『何をしてるんだ彼は？　こんなところであんなカッコして？』

顔に覚えのある同期生が、あるとき突然女装姿で自分の前に現れたのだから、この驚きは当然といえよう。

しかし、正体がバレれているなどとはまったく気づかない美祢のほうは、今まで見えなかった季慈の素顔が露《あらわ》になると、その作りの美しさに、思わず目を凝らして見入ってしまった。

『そりゃ、あのサングラスの下に笑える顔は想像できなかったけど…、これほどの作りも想像してなかったなぁ』

美祢の視線をガッチリと捉《とら》えた季慈の素顔は、どちらかといえば日本人離れした軟《やわ》らかなマスク

だった。

通った鼻筋に薄い唇、澄んだ瞳にほりの深いライン。

特に、ざっくりとサイドに流した色素の薄い茶髪《ちゃぱつ》が、よりいっそうその顔を引き立てて印象的なものにしていた。

たしかに芸能人にだってめったに見ないほど整いすぎた顔が、そこには忽然《こつぜん》と存在していたのだ。

『はぁ…』

そんな二人の見つめ合いに、マスターは重いため息をついた。

『案外わかりやすいんだから、坊っちゃんってば。モロに好みだとサングラス外すんだから』

もちろん、今回ばかりはそういうわけでサングラスを外したわけではないのだが…。日ごろの季慈の癖を知っているマスターとしては、

『やれやれ、今夜もオールナイトでお疲れコースだな…』

と、内心苦笑を浮かべていた。

しかし、この思いがけない季慈の行動は、美祢にとって開幕のベルとなった。

『目が合った…。よし!!』

この芝居にタイトルを付けるなら、『誘惑』にでもなるのだろうか。

遊び人ふうの男と、行きずりの女の、一夜の恋と駆け引きをモチーフにした、少し大人びたラブストーリー。

『あいつに僕が女であると思わせて、きっちり誘わせることができれば、役者としての僕の勝ちだ。そのうえ食券一ヵ月分だ!!』

美祢はそんな覚悟を決めると、今だけは『役』になりきることに専念し、集中した。

綿密に吉田が書き上げてくれたシナリオがどこまで通じるか…、それはやってみなければわからないが。とにかくスッと席を立つと、美祢はまず季慈の後ろをあえて通りすぎ、店内の電話ボックスへと入っていった。

なんとなく美祢を横目で追ってくる季慈を意識しつつも、わざと電話口で口論しているような素《そ》振《ぶ》りをすると、受話器を置いてから寂しそうにボックスから出てきた。

『待ち人がこない…。連絡を入れても相手がそっけない。今夜の私、フラれちゃったの？　みたいな女の設定だっけ…。案外吉田ってまめだよな』

そしてため息をつくと、美祢は不意に季慈を見た。そして、吉田作のシナリオによれば、美祢のこの一言から、二人の関係は始まる。

「マスター、あの…席を移ってもいいですか？」

もともと、ハスキーな女性の声だと言ってしまえば押しとおせる美祢。

ゆえに、いつもの乱暴な口調さえ気をつければ、完璧にジュリエットの再来だった。

そんな美祢の言葉にマスターはにこやかに「どうぞ…」と返すと、気を利《き》かせたように季慈の座るカウンターを勧めてきた。

「こちらの席でよろしいですか？」

ウエイターが飲みかけのカクテルグラスを運ぼうとすると、美祢は丁重《ていちょう》に断った。

「あ、いいわ。飲み直したい気分だから、新しいのを頼むわ。ありがとうね」

美祢は持参した、ドレスとおそろいのニット製のハンドバッグ一つを持つと、どきどきとしながらもカウンターへと移動した。

あえて季慈の席から一つ離れた場所を選び、腰を下ろした。

「マルガリータを…？」

「いえ。今度は…そうね…。もう少しきついお酒がほしいわ。モスコミュールで、ウォッカをきつめにしてくださる？」

新しく注文する美祢に、季慈はクスッと微笑んだ。

場所が場所でなければ、お腹《なか》を抱えて大爆笑をしたいのが本音だった。

いったい何が理由でこんなことをしているのかは見当もつかないが、季慈から見る美祢の演じっぷりは、わけがわからないだけにひたすらおかしいものだった。

ＴＰＯに合わせた微笑を維持《いじ》するのにも、すでに死にもの狂いなほど大ウケだった。

『せいいっぱい大人ぶって、頑張ってる少女の役ってとこなのかな？　電話の相手にすっぽかされた約束が、そうとうショックで気を紛らわしたい。設定はそんな感じなんだろうけど――』

もしかしたら、これは演劇部の新手のレッスンか何かなのだろうか？

『まさか、僕が僕だってわかってて…ってことはなさそうだけど』

季慈は、頭の中で美祢の不可解な行動の意味を詮索《せんさく》しながらも、それでもこみ上げてくる笑いを抑えるために、無理やりグラスで口を塞いだ。

そんな季慈の苦悩もつゆ知らず、美祢の前ではロックグラスに大きめの氷が入れられ、心地よい音を立てていた。

ダブルのウォッカに絞ったレモン。

ジンジャーエールが注《そそ》がれ、濃いめのモスコミュールができあがると、それはマスターの手から美祢の前へと改めて出された。

「ありがとう」

これは、口あたりはいいが飲みすぎるとなかなか危険な大人の酒である。

季慈は、そんなカクテルを知らん顔して飲んでいる美祢を見ると、意外に飲める口なのかな？などと考えた。

けれど、当の美祢本人といえば…。

『……さて、どうしよっかな』

あくまでも、これからの演出をどうもっていくかに、頭の中はグルグルだった。

『女で騙しとおすだけならたやすいかもしれない。けど、賭けではホテルに誘わせるまでが勝負だからな…』

ある意味、自分から相手を誘ってホイホイとホテルに案内させるのは簡単だが、あくまでも相手から誘わせるというのは、けっこう手間がかかりそうに感じられたのだ。

『ま、いかにも傷心に付けこめばやれそうな女…をアピールすりゃ、とりあえずは乗ってくるだろう』

だが、美祢がそんなことを考えていたときだった。突然季慈が席を立つと、美祢に思いきり背を向けた。

『え!? おい待てっ! まさかあんなに見つめてきた僕を無視して、よもや隣にきたら帰るなんて言うんじゃないだろうな!? それとも近くで見たら、僕がまったく好みじゃなかったとか、対象外だったとかなのか?』

美祢は、そんなの冗談じゃねぇぞ!! と席を立った。

こんなカッコまでして、こんな演出までして、ここで帰られてしまっては計画も賭けも食券も、すべてがパァだ。ついでにここの飲み代だって、無駄になるじゃないか!! と。

『帰すか!!』

しかし、そんな美祢の体が季慈を追ったそのときだった。

季慈は美祢のところに戻ってくると、二本持ってきたキューの一本を、美祢のほうへと差し出した。

「君、ゲームはできるんだろ?」

『え？』

戻ってきたうえに声をかけてくれたのはいいが、心構えがなかった申し出に、美祢は頭が真っ白になった。

美祢だけに向けられた季慈の微笑に、美祢は本気でドキリとした。

「一人でやるのもなんだから、よかったら何ゲームか付き合ってもらえないかい？」

『これも、ナンパの一つだろうか？　ナンパだよな。知らない女を誘ってくるんだから』

「駄目？」

駄目？　と甘えた語尾で問いかけられ、この顔でこの姿態でこの声で、こう誘われたときに断れる女がいるというなら、今すぐお目にかかりたいぞ!!　と、美祢は素直に思ってしまった。

「え…ええ、いえ、はい」

ゆえに、現在女を演じ中の美祢としては、苦笑を必死にはにかみに変え、季慈からキューを受け取った。

ビリヤードなんてアンティークな遊び、一度もしたことなんかないっていうのに――――。

「じゃ、向こうに」

「えっ、ええ」

美祢は季慈に誘われると、その場からホールへと移動した。

「――ほぅっ」

た。

「すげぇ、美男美女」

当然のことながら、一人いても目につく者同士が連れ立ってとなれば、目立たないはずはなかった。

しかも、やり始めて早々に美祢がまったくの素人《しろうと》だとバレると、美祢は季慈から手取り足取りビリヤード講座を受けることとなってしまった。

「ごめんなさい…。うっかり返事しちゃったけど、本当はやったことないの。全然ゲームにならないでしょう？」

美祢は、その気になってキャラを作ってる自分も恥ずかしいが、季慈にキューの持ち方から教わるのは、もっともっと気恥ずかしかった。

『ゲロゲロ〰〰っ。何やってんだかな、僕』

「いや、別に。これはこれで十分楽しいよ」

しかも、季慈の教えながら手を握る間《ま》の取り方といおうか、手口といおうかは、同じ男として感心してしまうほどスマートなものだった。

「いろんな意味でね♡」

特に耳元で囁《ささや》かれる声には、背筋から腰にかけてゾクリとさせられる。

『——なんだ？　これ。やっぱり、どっかで同じようなことが…』

引っかかりながらも思い出せないその刺激の記憶に、美祢は徐々に苛立《いらだ》ちを覚えた。

「あ、こういうときは深く構えないで浅く構えて。ほら、こう――――」

『って、そんなにベッタリとくっつくなーっっっ!!』

あまりに背筋が怪しくゾクゾクとするのが嫌で、季慈をこの場で簀巻《すま》きにして、店から放りだしたくなった。

『ったく部長たちも、よくこんな絵に描《か》いたようなナンパ男を見つけるよ』

時間がたつにつれ、嫌気《いやけ》を通り越して感心さえ生まれた。

『…ま、ここまで徹底したナンパ野郎なら、逆に騙してホテルの前に置き去りにしてきても、心は微々《びび》たりとも痛まなそうでいいけどさ』

だが、季慈に覚えた妙な安心感から、美祢の態度は次第に大胆なものになっていった。

「これは？　こういうときはどこを狙ったらいいの？」

「あ、それはね――――」

自分からも甘えたことを言ってみせては、しばらく象牙の玉がぶつかり合う音を心地よく楽しんでいた。

「――――あ、入った！」

「ナイス・ショット！　飲みこみがいいよ、君」

「本当!?」

しかも、やり始めてキューが手に馴染《なじ》んでくると、案外おもしろいゲームだな…と、のめりこんでくる。

そのことが美祢をより自然に微笑ませ、季慈のみならず周囲の者すべての視線を奪い、うっとりとさせていた。

そして——。

『いいんですか部長っ!? 本当の恋人同士に見えますけど』

何やら怪しい展開だと感じる吉田。

『うーん…。いいわけないけど、ここで割りこむのも変だしな』

すっかり美祢に見惚《みと》れている上田。

『ふっふっふっ…。OK、OK。美祢の演技力に嵌まってるぜ。今に驚けフェラーリ野郎っ!!』

ひたすらに騙されたと知ったときの季慈の顔を思い浮かべ、微笑む仲田の三人も、かなり勝手かつさまざまな思惑《おもわく》で、二人のゲームを眺めていた。

「そろそろ慣れてきたようだし、ワンゲームしてみる?」

「ハンデくれる?」

「いいよ」

二人はしばらくゲームに没頭すると、合間《あいま》に酒を飲み、他愛《たわい》もない世間話をし、お互いの名前さえ聞くこともせずに同じ時をすごした。

そして気がつくと時計の針は、かれこれ入店してから二時間ほど回っていて、十一時をすぎると店内には、かなり常連客も多くなってきた。

「けっこう続けると疲れるものね」

その間、美祢はずっとゲームにも女装も神経を張り巡らせていた。

正直いって、そろそろどちらからも、とんずらしたい気分だった。

そんなときに、季慈はゲームに一区切りをつけると、美祢に絶好の言葉をくれた。

「だったら、別の店で飲み直さないかい？　ゲームに付き合ってくれたお礼に、僕にご馳走させてよ」

これは乗らなきゃ嘘だろう♡　という、誘い文句だった。

『場所を変えて改めて飲ませて、酔わせたあげくに口説《くど》くパターンってやつか？　ま、乗ってやるけどさ。なんせ、最後にはホテルまで誘ってもらわないと、賭けには勝てないんだから――』

ほくそ笑んだ美祢には、季慈の誘いに対して十分な勝算があった。

自分は大抵の量では酔わないという、酒の強さに自信があったのだ。

ゆえに、美祢は少し考えたフリをしながらもＯＫを出した。

季慈は美祢の返事に快《こころよ》い笑みを浮かべると、自然と肩を抱きながら、店の出口へとエスコートした。

『うわっ。さすがに見習わなきゃってぐらい…、女の扱いがうまいな…。これ見て部長たちも、けっこう研究してたりして』

美祢は、自分の後方に上田や仲田、吉田がチョロチョロとしているのをそれとなくたしかめると、安心して季慈に身を任せ、店の駐車場へと誘導されていった。

「あ…支払い！」

しかし、フェラーリの扉を開かれ乗りこんだ瞬間、美祢は調子をぶっこいているうちに、今の飲み代を踏み倒して出てきたことに気がついた。

「ああ、いいよ。あの店のオーナーは父なんだ」

だが、それに対してさらりと出てきた言葉に、『こいつはボンボンのコマシだったか!!』と思ったが、美祢は普通のプールバーの相場で考えて、お釣りがくるだろう一万円をバッグから取り出し、季慈へと差し出した。

「でも、それとこれは別。知らない人に理由もなくご馳走になるのは主義じゃないから」

「何言ってるんだい。知らなくないよ。知り合いだろ？　僕たちは♡」

しかし、その手を押し返しながら、季慈はエンジンをかけて車を出した。

左利きに左ハンドルがしっくりとしている。決して、上っ面《つら》だけで乗り回しているのではないことが窺えた。

『げっ!!　いるんだなぁ〜世の中にはこういうの。金も車も持ってて、なおかつ吐きたくなるような台詞《セリフ》でも、真顔で言いきって似合っちゃうやつ!!』

だが、いいかげんに感心もし飽きたので、美祢は本腰を入れて季慈に誘ってほしいという素振りを見せることにした。

「なら、なおさら！　あとで高くついたら困るから」

「……高くって？」

「お金以外の物で、払えとか……」

上目遣《づか》いで首を傾げると、長い付け毛がサラリと肩を滑《すべ》った。

「例えば…、それって君なわけ？」

季慈はバックミラーごしに視線を流すと、美祢から向けられた視線を、確実に捕らえ、微笑んだ。

『——うっ!!』

キュンと鼓動が高鳴る。

すでに、何度めだかはわからないが、美祢は本当に自分が男でよかったと思った。

そうでなければこのドキリは、あまりに危険なものだと本能が知らせる。

「なら…これは預かっておくよ。そんなつもりはないって、証《あかし》にね」

季慈はそう言って美祢の手から一万札を受け取ると、しばらく無言で車を走らせた。

「…………」

そんなつもりはないと言われ、美祢はしばらく考えこんだ。

『一筋縄じゃいかないな…。次の店でカタをつけるにしても、ただのナンパ野郎じゃないとすると作戦を改めないといけないかな』

そんな美祢の姿を、ハンドルをさばきながらチラチラと覗《のぞ》くと、季慈はようやく押し殺すのに慣れてきた笑いを飲みこみ、次の店へと車を走らせた。

たどり着いたのは、都内の一流ホテル、マンデリン東京。

内容は、その最上階にある豪華《ごうか》なラウンジで、夜景を見ながらの飲み直し…というものではあったが、連れてこられたのが『ホテル』という事実に、

『何がそのつもりはないだよ！　結局考えてんじゃねーかよ!!』

美祢は心の中でひたすらに叫んでしまった。

『こうなったらその気にさせるだけさせて、ばっくれてやる！　でもっていざってときに、ついてきてるだろう部長をダシに、ごめんなさい、彼氏だわ♡　とか言って、置き去りにしてやる!!』

そして季慈の鼻をへし折ってやることだけを楽しみに、ラウンジへとついていった。

だが、すでに上田たちがここまでついてきてくれると信じてた段階で、美祢の思惑は大きく外れていた。

本人は意気揚々《いきようよう》と中に入ってしまったので、まったく気がつかなかったが、じつにそのラウンジは〝会員制〟という限られた人間のための空間だった。

もちろん、だから会員証を提示するなどという低俗な代物《しろもの》ではなく、顧客《こきゃく》はすべて顔パスで賄《まかな》われるような、超がつくほどの一流どころだったのだ。

「みっ、美祢〰〰〰っ!!」

ということは、どう頑張っても上田たちには立ち入ることがかなわないということだった。もっともホテルに到達する前に、彼らの車は季慈の車にすっかり撒《ま》かれてしまい、お話にもならないのが現実だったが…。

「美祢ーっ!!」

ゆえに、そうとは知らない美祢が改めて季慈とグラスを交わしたころ、三人は都会の夜空にその名を叫びながら、ただただ無事を祈り続けることしかできなかった。

3　ミスキャスト

ラウンジへとたどり着くと、都内の夜景を一望しながら、美祢は季慈とひたすらに飲み暮れていた。

いったいどこから〝飲み比べ〟になったのかは定かでないが、美祢が決着を急いだがために、この飲み比べでまた賭けをしたのが原因だった。

「強いな、君。でも、そろそろやめといたほうがいいんじゃないの？」

賭けられたのは、ズバリ美祢自身かここの払いだった。

それは、「やっぱり、ただで奢られるのは嫌…」という話の成り行きから、飲み比べてここの払いを決めようということになったのだが…。

そもそも支払いの有無など、どうでもかまわない季慈は、同期生が仕かけてくる、謎の誘惑に首を傾げながらも、美祢にとっては勝利の言葉ともいえる、

「だったら、君がいいな――」

という台詞を引き出されていた。

となれば、美祢にとってはすでに食券は手に入った!!　ということとなり、あとは飲み勝ってここを踏み倒し、さっさととんずらするだけという状況だった。

「そんなこと言って。そろそろ負けを認める？」

ただ、美祢にとって思いがけなく問題だったのは、飲み比べになかなか決着がつかないことと、ブランデーをロックで飲み始めて、いったい何杯めになっているのか、わからないことだった。

二人の前には空になったボトルが置かれ、今飲んでいるものがすでに二本めだということだけはわかっているのだが…。この勝負、この先どこまで飲み続ければ勝敗がつくのかが、まったく読めなくなっていた。

「それとも私が、欲しくないの？」

しかも、酔った勢いで美祢の視線が、やたらに色っぽく、艶っぽく、何より妖しく季慈を誑かすものだから、

「知らないよ。どうなっても」

季慈は美祢の行動の意図《いと》がわからないという疑問はあるものの、すっかり『流行りもの』への興味に好奇心をかき立てられてしまった。

『それにしてもこいつ、もしかしてザルか？　なんて酒が強いんだ』

だが、まるで酔った兆《きざ》しのない季慈の態度は、美祢に若干の危機感を覚え始めさせていた。

『ま、いざ負けても僕は本当は男だし、肉体に危険があるわけでもないから、どのみちとんずらだけどさ…』

と、余裕をぶっこいていたが…。

「まっ…怖い♡」

しかし美祢は、その安易な余裕が敗退の原因となり、二本めのボトルが半分になるころには、もののの見事に沈没させられた。

アルコールそのものに体がついていかなくなったというよりは、酔いと時間帯から起こった眠気に、勝てなかったというのが真相ではあるが。とにかく突然季慈の前でパタッとテーブルに懐《なつ》くと、無邪気《むじゃき》な寝顔を晒《さら》しながら、すっかり寝こんでしまったのだ。

『見かけによらないつわものだな、このジュリエットは』

その図太さといおうか飲みっぷりに感心さえすると、季慈は眠ってしまった美祢を、とりあえずはラウンジから連れ出すことにした。


『うわーっ。体がふわふわしてゆらゆらして。なんか…気持ちいいー』

しばらくすると、美祢は一定のリズムで体が揺れるのをなんとなくだが感じ始めた。

よもや自分の体が抱き上げられて、本当に女の子のように扱われて運ばれているなど思いつきもしないが、体を預けてしまっていることに対しては、ひどく心地がよかった。

「ごめんね。ちょっとだけ僕に寄りかかってて」

うっとりするような美声で話しかけられても、『なんのことだろう?』と思うだけで、全然この成り行きは理解できなかった。

だが、体が起こされ、立たされ、どこかに寄りかかるように体を持っていかれると、

『なんだろう、体に響いてくるこの音は…』

こだまするように響きわたっている自分の激しい鼓動と、それに似たもう一つの鼓動が、なぜか行き来していることだけは、意識ではなく体が悟《さと》った。

「さ、いいよ」

部屋の扉を開くと、季慈は再び美祢を抱き上げ、扉の中へと運びこんだ。

そして、いくつもの部屋を通り抜けて寝室へと入ると、広々としたキングサイズのベッドに美祢の体を横たえた。すると、美祢は自分の体を受け止めるスプリングの心地よさに思わず微笑み、猫のように丸まっては、クークーと寝息を立て始めた。

「やれやれだな」

その姿に季慈は、呆れていいのか困っていいのか、それとも笑うべきなのか、複雑すぎて苦笑ばかりが浮かんだ。

「まいっか」

だが、複雑すぎて自分でもよく理解できない感情を一言に集約すると、季慈はその場を離れてバスルームへと移動した。

『んーっ…むにゃむにゃ』

足音もなく美祢の傍《そば》から消えた気配はしばらくすると微《かす》かなシャワーの音へと変わっていった。

そして、極楽ともいえる状態のままコトンと眠りに落ちた一時《いっとき》に、美祢は短いが夢を見た。

『やったね！　食券一ヵ月分!!』

『ちぇっ。負けた負けた。美祢の演技力には、やっぱり適《かな》わなかったな』

そこには、賭けに勝って満足そうな美祢の笑顔と、負けはしたものの十分遊びとして楽しんだという笑顔を浮かべる、上田たちの姿があった。

しかし、突如《とつじょ》として背筋がゾクリとすると、遠くから楽しげな光景を冷ややかに見つめる、男がいることに気づいた。

『なっ…、なんだよお前は！　僕になんか文句でもあるのかよ？』

『いや、文句ってほどじゃないけど、まだ喜ぶのは早いと思って。君には僕との賭けが、残ってるんだからさ』

近づいてくるにつれて、見覚えのある者だということが、美祢にもわかった。

『…賭け!?』

『そう。僕と一晩、賭けただろう？』

伸ばされた腕の中に引き寄せられると、美祢は耳元で囁かれるその声に、腰が砕けそうな自分を自覚した。

『なっ…、そんなこと言ったって…、僕はおと……んっ！』

僕は男だ!! 賭けは無効だ!! と訴えようとしたが、すでに塞がれた唇では、何も語れなかった。

しかも、美祢は何も語れないまま魅惑の世界へと引きずりこまれていくと、それはおのれの肉体を奪われるという悪夢へと変わっていった。

「――――んっ!!」

だがその悪夢は、決して夢だけでは終わらなかった。

「んっ、んんっ!!」

安眠さえしていたはずの美祢は、急に息苦しさを感じ始めると、口内へと侵入してくる慣れた舌先を受け入れそうになって、その驚きからパッチリと目を開いた。

「意識、戻ったかい？」

「――――!?」

しかし、そんなものよりよほど驚いたのは、目の前に現れた季慈の顔だった。

キスをされたという感触を残している、自分の唇だった。

美祢は、大量のアルコールのせいで埋没《まいぼつ》していた意識が、冷水を浴びたようにシャキッとすると、慌てて状況を見わたす。

『え？』

クスッと笑った男の顔は間違いなく、つい先ほどまで一緒に酒を飲んでいた、イケイケのフェラーリ男だった。

しかも、どう見てもここはラウンジがあっただろうホテルの一室で。その中でも、一目で値の張ったグレードの高い部屋だとわかる場所だった。

『ええっ!?』

さらに状況を把握《はあく》していくならば、美祢は寝室のベッドに寝ていて。

シャワーでも浴びたんだろうか？　バスローブに身を包んだ男は湿った髪もそのままに、美祢の上へと跨《また》がっていた。

『うわぁっっ!!』

美祢はあまりの危機感に悲鳴を発する前に逃げ出そうとしたが、体のほうが、すんなりとは逃亡を許してくれなかった。起き上がれないほどの泥酔《でいすい》に頭がクラクラとし、意思に反してその場に突っ伏してしまった。

「うっ…」

「ほらほら無理しないで。あれだけ飲んだんだから、すぐには動けないよ。それでも急性アルコール中毒を起こさないんだから、そうとう君も飲み慣れているんだろうけどね」

などと言われながらも、美祢はしっかりと季慈に、頬のあたりを撫《な》でられていた。

しかも、バスローブの下にはあたり前のようだが、季慈の裸体が見え隠れしていた。

スーツで隠されていた姿態は、スレンダーではあるが、鍛《きた》えられた肉体美であることが嫌でもわかった。

しなやかな胸元のライン。

しっかりとした肩。腕。

引きしまった無駄のない筋肉は、おそらく美祢が女だったら、「あなたの好きにして♡」ぐらい言ってしまいそうなすばらしさだった。が、この状況からはそこまで役にはなりきれない。

『やばい。とんずらこきそこなった。どうしよう。ナンパ男の鼻をあかすどころじゃないや。飲みすぎたせいで、まともに身動きもとれない。もしもこのまま脱がされて男だってバレたら、こいつは絶対に根深く怒るタイプなのにっっっ!!』

男だとバレた瞬間に、美祢は肉体的な危機は脱するだろうと感じてはいた。

しかし、なんだかわからないが季慈には、それ以上に精神的な危機を感じるのだ。

とてもじゃないが相手から退散するなんてことはなく、二度と立ち上がれないほどの報復をされそうな予感が、あとからあとから湧き起こってくるのだ。

『まだ、衣服はつけている。とりあえず、長髪の付け毛もバレていない』

だが、このままいけば必ず脱がされてバレるのは歴然としていた。

身動きの取れない、ましてや押しのけて逃げるなんてとうていできそうにない状況で、美祢が『バーカ!! 騙されやがって、ベロベロベー』などと言って逃げきれる確率など無に等《ひと》しかった。

それを悟った瞬間、美祢は素直に『謝るなら今だ!』『バレる前に自首しよう!』と結論をはじき出した。

「あっ、あのっ」

ドロドロに酔って言うことをきかない体を無理やり起こすと、何気なく行為を進めてこようとする季慈をあたり障《さわ》りなく押しのけ、広々としたベッドの上にちょこんと正座した。

「ごめんなさいっ！」

そして美祢は自《みずか》ら付け毛を取り外すと、それを握りしめながらも両手をついて、季慈に対して『顔もまともに見れません！』という態度で、深々と土下座をしてみせた。

「――――え？」

季慈は美祢に、さらにわけのわからない行動をとられ、唖然《あぜん》としてしまった。

しかし、美祢はそのままヘコヘコとしてみせると、

「僕は男です！　友達との賭けでこんなカッコをしてあなたを騙しました！　飲み代は全部払うから、どうか妙な考えは止《とど》まってくださいっ!!」

こんなことは頼まなくとも、自分が男ならその気も失せるだろうが…とは思いながらも、とりあえずは謙虚《けんきょ》な態度に出て謝ってみた。

「妙な…考えって？」

「その…、だから。このまま情事にもつれこむというか、セックスに及ぶというか…、そういうこと」

いちいちわかっていることを聞く男だな！　と、美祢は自分の立場も忘れかけ、内心腹も立った。けれど、ここだけは下手《したて》に出ると決めたので、笑顔を守ってヘコヘコと頭を下げ続けた。

だが…。

「え？　どうしてだい？　君が男だってことは、最初から知ってたけど」

季慈から想像もしていなかった一言を返されると、美祢の中で何かがプツッと切れた気がした。

「――――へ!?　わかってた？」

今、目の前の男がどんな顔で自分を見ているのか、怖くて顔も上げられなくなった。

「ああ。目が合った瞬間からわかってたよ。だから、僕は最初から君が男って知ってて声をかけたし、ビリヤードにも誘った。そして君から誘われた飲み比べの賭けも受けた。そして勝ったからこの部屋に連れてきたわけだから…君が謝る必要は全然ないよ。ちゃんとやることはやらしてもらうからさ♡」

アルコールで燃えるように熱かったはずの美祢の体が、瞬時に凍《こお》りついていくようだった。

「やらしてもらうからって、そんな馬鹿な」

だが、このまま凍っていいようにやられるわけにもいかないので、美祢は覚悟を決めて顔を上げ、腹の底から季慈に向かって叫んでしまった。

「だって、相手は男だよ！　目の前にいる僕は、正真正銘お前と同じ、男なんだよ!!　それがわかっててちゃんとやるって、お前正気なのか!?」

何度だってたしかめる。

これが無駄な足掻《あが》きとは思いたくない。

「別にできないことはないだろう？」

だが、涼《すず》しい顔をして微笑む季慈に、美祢は本気で体を引いてしまった。

「お前っ…、じつはバイだったのか!?」

こうなっては、スケコマシどころの騒ぎではない。

「いや。女は数えきれないほど抱いてきたけど、男相手は君が初めてだよ」

とんでもないことを堂々と言いきる季慈に対し、美祢は顔が引きつる一方だった。

『初めてだよって…、誰だっっっ！　こんな男を選んだやつはーっっっ!!』

心の中では、上田たちへの罵倒《ばとう》が炸裂《さくれつ》するが、今はそれどころではない。

とにかくここを抜けないことには、美祢は自分に明日はない!!　と思った。

「そっ、それで！　どうしたら僕とSEXしようとかって、そんな真顔で言いきれるんだよ!!」

「だって、今こういうのって、流行ってるんだろう？　そろそろ女も飽きてたころだし、良し悪《あ》しは別にしても、一度ぐらいは試してもいいかなと思って。それに、これだけ立派に女に見えれば、君の誘惑に乗ったところで僕はそれほどアブノーマルにはならないと思うしね」

けれど、顔色一つ変えずに言いきられ、その手に顎《あご》を取られて引き寄せられると、美祢は全身に悪寒《おかん》が走った。

「――――そう思わないかい？」

冗談じゃない!! と、美祢はマジに思う。

流行りや試しの犠牲《ぎせい》になって、男に襲われるなんざ、まっぴらごめんだ!! と。

「なっ、何がそう思わないかい？ だよ!! ふざけるな!! 男だって知っててそんなことしようなんて考えるなんて、アブノーマルに決まってるじゃないか!! このホモ野郎っ！」

美祢はとうとう持ち前の悪口全開で季慈に抵抗をみせると、必死に季慈の手を振りきり、ベッドからも無理やり飛び降りた。

「なっ、なんてことを…。自分が誘ってきたくせに!!」

だが、美祢の遠慮《えんりょ》のない言い種《ぐさ》に季慈のほうもブチッと切れたのか、泥酔した体をヨロヨロとさせながらも寝室から逃げる美祢を追いかけ、その体をダイニングルームで追い詰めた。

そして美祢の腕を捕らえると、季慈はダイニングテーブルへと押し倒し、あっという間に自分の体で抵抗できないように押さえこんでしまった。

「――――！」

それは美祢にとって、ますます恐怖を増えさせた。

追い詰められていく感情から、抵抗が増していった。

「やだっ！ 離せ変態っ！ 僕は男なんだぞっっっ!!」

なんせ、男からベッドに押し倒されてもそれはそれで怖いものがあるが、そこからかけ離れた場所で、しかも大理石造りの高級テーブルでこんな目に遭うなど、輪をかけて恐怖が増しただけだった。

「へっ、変態って。こんなカッコして僕を誘ってきた君にだけは、言われる筋合いはないよ！　第一、賭けを持ちかけたのも誘ったのも負けたのも、全部君のほうじゃないか!!　それこそ君が男だっていうなら、約束は守れよ。僕をその気にさせた責任はしっかり取れよ!!」

そのうえ、たとえ美祢に『大本《おおもと》はたしかに自分が悪い』という自覚があるとはいえ、こんなところで約束だの責任だのという言葉を使われ、あげくに『男』を盾に取られるのは勘弁してほしかった。

「悪かったな！　どうせ僕は無責任だよ!!」

もちろん美祢は助かるためなら即行で、そんなものは捨ててやる!!　と決めるタイプではあったが…。

「開き直るなよ！」

「いいじゃないかよ！　だからって何も、タダで約束を破棄するとは言ってないじゃないか！　飲み代もここの部屋代も、全部僕が払うってば！」

それでも、そんなものや金で貞操が守れるならば、美祢はなんでも手放すぞと思えるまで開き直っていた。

だが、そんな美祢の暴言に対し、季慈はため息を一つつくと、

「ふ〜ん。でも、そしたらざっと五十万は下らないよ。ここは一泊二十万のスイートだし。あの酒はアルマニャック・デ・マリアックの、ヴィンテージものだったからね」

そんなぼったくりの飲み屋じゃないんだから！　と言いたくなるような値段を口にした。

「……いっ!?　アルマニャック・デ・マリアックのヴィンテージ!?」

しかし、多少は酒の味や価値、ホテルの部屋の価値もわかる美祢にとっては、季慈の言葉には勢いでも、「そんなの嘘だろう!!」とは言えなかった。

口にした酒はたしかに「美味《うま》いはずだ」「高いはずだ」という味がしたし、この部屋にしても寝室からダイニングにたどり着くまでに、廊下があったぐらいの広さの部屋だ。

何より連れてこられたときにたしかめたマンデリン東京という名前は、都内のシティホテルでは名の通った、ハイクラスホテル。そのスイートとなれば、一泊二十万も嘘ではないとはっきりわかるのだ。

こうなると、食券一ヵ月の騒ぎではなかった。

「そう。だから君は諦《あきら》めて、おとなしくしていたほうが身のためだよ」

『誰が諦められるか!!』

しかしだからこそ、美祢はそれを認めてなお、こうなったらあの三人にも一緒に払わせてやる！と決めて、とことん季慈に抵抗した。

「いっ…、今は無理だけど…、明日払う！　ちゃんと…、絶対にっ！」

だからやめて！　と真顔で訴えた。

「だからね、やめてくれないか。別に僕は初めから、君からお金を貰おうなんて考えてないんだから。ここのラウンジを選んだのも、あの酒を選んだのも、そしてこの部屋を選んで連れてきたのも、僕なりの君への誠意なんだよ」

しかしそんな美祢に対して、季慈は『そんなに嫌かな？』と苦笑を漏らしながらも、小首を傾げてみせた。

「なっ…何が誠意だ！　聞いて呆れるよ、しょせんはナンパに大金注ぎこんでるだけじゃないか！　ちょっと金持ちだと思って、世界中の女が自由になると思ってる口だろうに!!　お生憎《あいにく》様っ！　僕はお前の寝てきた女とは違うんだからっ！　誰がお前みたいなスケコマシにおとなしく足開くかっ！　ちょっとばっか顔がいいと思って、お前のほうこそ自惚《うぬぼ》れんなっ！　ふんっ!!」

もちろん決して嘘だとは言わないが、もう少し言い方があるだろうに!!　という返事を間髪入れずに突きつけられると、季慈の苦笑は再び怒気をみなぎらせたものに急変した。

「あのねぇ…」

「なんだよ、あっちいけよ！」

そのうえ、シッシッと手で追い払われた日には、すでに『考え直して♡』とお願いしている態度ではない。

『このっ！』

季慈は久しく心底腹が立つのを感じると、完全に切れたという顔で美祢のドレスを脱がし始めた。

「もういい!! しゃべるな!! 君から絶対に金は受け取らない!! 約束どおり、賭けの賞品は君の体ですべて賄ってもらうよ!!」

「やめろよ、変態っ!! いやだっ、やだってばっ!!」

まるで力でねじ伏せるといわんばかりに美祢の衣類に手をかけると、強引に胸元を引っ張り、肩から胸元までを一気に露にした。

「――――ひっ!!」

このままでは、本当にこいつに犯される!! という恐怖が、美祢の体を一瞬萎縮《いしゅく》させた。

『…あっ、アンパン…!?』

しかし、美祢の胸元から詰め物代わりにポロリと転がって床に落ちた物を見ると、季慈は高ぶる感情さえも一瞬に冷め、

『ここまで完璧に装っておいて、せめてパットぐらい入れられなかったのか!!』

と、美祢のズボラさというか、顔に似合わない真の男らしさ（?）が、とてもとても嘆《なげ》かわしくなった。

「やだっ、どけよ!! 離せよっ!!」

「――――…」

けれど、それでも胸元を開《はだ》かれ必死に抵抗する美祢のさまは、沈下した季慈の欲望をすぐに取り

戻すだけの不思議な色香があった。

「これ以上僕に触るなっ!!変態！スケコマシ!!　ナンパばっかしてると、今に天誅《てんちゅう》が下るぞっ!!」

たとえ泥酔して力の入らなくなった体であろうと、無駄な抵抗だとわかりきっていようと、貞操の危機に必死にバタバタとしている美祢が、何やら不思議と新鮮に感じられた。

こんなことは馬鹿げているとはわかっていても、季慈は行為を中断することができなくなってしまった。

「よく言うよ。人をナンパだのなんのって言う前に、自分のしたこと考えるんだね。僕が君を男だって見抜いてなければ、立派に詐欺《さぎ》じゃないか」

言われたことはこっちだって言い返すぞっ!!　と口を動かしながらも、その手では目につく限りのボタンやリボンをはずしていった。

「やっ、やめろよ!!」

美祢にしてみれば、それを言われると本当に身も蓋もないのだが、それでもここで諦めるわけにはいかなかった。

たしかに役者としてなら女装もするが、自分は絶対にその手ではない！　そういうことが悦《よろこ》べる人種ではない!!　間違っても「試しに」なんてことも言わない!!　徹底的な普通人なのだから。

「だっ…だから…、それはほんの友達との賭けで！」

それでもそんな説明なんか、今さら聞く耳も持たないといった季慈には、全然通じなかった。

「つくづく賭けが好きなんだね。呆れてものも言えないよ」

それどころか季慈は、ドレスのファスナーが美祢の背にあることに気づくと、自分の手を潜りこませるのもかったるくなり、再び襟元を掴むと力任せに引っ張った。

華奢《きゃしゃ》な美祢の胸元が、伸ばされたニットドレスの中から、今度は大胆に現れる。

「――――なっ、何すんだよ!! 借り物なのに!!」

「こんなものいくらだって、代わりのものを用意してあげるよ」

なだらかな胸元は、たしかに少年味を残した男のものだった。

化粧も落ちていない顔と見比べると、何か不自然で奇妙だが…。かつてないシチュエーションが、季慈の新たな欲求をかき立てたことはたしかなようだった。

「じゃあ、代わりなんかいらないから、今すぐやめろ!!」

「それはできない相談だね。約束は約束だからね。きっちりと守ってもらうよ――――」

季慈は現れた胸元に顔を伏せると、嫌悪と恐怖で鳥肌を立てている美祢の胸に、思いきって唇を下ろし、嘗《な》め上げてみた。

「――――っく!!」

爆発しそうなほど高鳴っている美祢の心音を感じると、さらに逆撫でるように愛撫を滑らせた。

「いやっ…っ!!」

思いがけない刺激に、美祢はビクリと体をのけ反らせた。

季慈は、浮いた体にすかさず利き手を滑りこませると、どうにかファスナーを探り出し、無理やり下ろし、ボディラインを描いていたドレスをようやく弛《ゆる》ませた。

「――――へぇ、意外に可愛い声も出すんだね。これなら少しは、楽しめるかな？」

季慈の発する言葉一つに、美祢は自分の頬がカッと染まるのがいやでもわかった。

そうでなくともアルコールでテンションの高くなっている体は、ひどく性的に敏感になっている。

なのに、今となっては『男である自分が、男に無理やり犯される』という恐怖までもが、肉体を煽る要素の一つになってしまったのだ。

「とはいっても、男でどこまで楽しめるんだかは、わからないけど」

『ちっ、ちくしょうっ!!』

どんなに頑張って体を押しのけても、美祢には分《ぶ》が悪すぎた。

同じ性でありながら、力は歴然と違うし、何より飲みで負けるなどと思っていなかったところに敗北の原因がある。

「でもま、同じ労力を使うんだったら、それなりにこっちもいい思いはさせてもらわないとね…」

『この…野郎!!』

こみ上げる悔しさから、美祢の柳眉が吊り上がった。

「そうじゃなければ、賭けに勝った意味がないからね――――」

唯一残された抵抗は口しかないが、それも塞がれてしまえばなんの役にも立たない。

『ちくしょうっ、ちくしょう、ちくしょうっっっ!!　なんで僕がこんな目に遭うんだよーっっっ!!』

季慈は口紅を嘗めとるようにキスをすると、深く浅く何度も美祢の唇をついばんだ。

そして、食いしばっていた歯列を難なく割ると、口内に舌を差しこんでは舌を絡めた。

「んっ…っ、んっ」

ここまでだけでも、美祢は自分と季慈では、明らかに経験が違うことを実感させられた。

『ちっ、ちくしょうっ…っ』

それなりに体験はあったとしても、演劇ばかりに執着し、夢中になってきた美祢にとっては、キス一つを比べてもレベルが違った。

それどころか、比べ物にならないぐらいだと、嫌でも悟ってしまった。

『なんで、なんで…こんなっ…』

悔しさからか腹立たしさからか、いっそ季慈の舌に噛《か》みついてやろうかとさえ思うのに。美祢はそんな意識さえ濃厚なキスに薄められていった。

しかも、唇で支配しながらも季慈の利き手は、確実にくびれて広がるドレスの裾《すそ》をたくし上げ、中へと潜りこませては直《じか》に遥の下肢へと近づき始めていた。

「んっ…っ」

美祢はその手を阻止しようと必死になったが、なればなるほど力は失われていった。

「やだっ…、やぁっ!!」

着こんでいた衣類が次々と季慈によって剥ぎ取られ、全裸にされるのも、もはや時間の問題だった。

美祢は煌々《こうこう》とした明かりの中に、自分だけが生まれたままの姿態を晒されていくのが、たまらなく恥ずかしくて、いっそ気を失えたらどれほど楽だろうと思えたほどだった。

「へー。顔だけじゃないんだね。けっこう、綺麗な体だ…」

しかし、それほど美祢を辱《はずかし》めながらも、季慈は妙に感心したようなことを言っては、美祢の神経を逆撫でした。

「男としてはかなり華奢な気はするけど、バランスは取れている。逞《たく》しいでもなければ過剰に色っぽいわけでもなく、素直に綺麗だと言える体だね」

「お前なんか死ねっ!!」

けれど、お世辞でもなんでもなく出てきた言葉に、一番驚いていたのは季慈本人だった。

『本当に…、不思議なほど』

美祢の体はすっかりとアルコールと現状の刺激でほてり、肌をうっすらと紅《あか》く染めていた。

その透きとおった桜の花びらのような色は、元の肌の色白さがどれほどのものなのかを季慈にわかりやすく説明していた。

実際、季慈がどれほど興味本位と怒りで手を出しているとはいえ、美祢があくまでも男だということはわかっていているのだから、脱がせて男を晒してしまえば、正直その気は失せるだろうと思っていた。しかし、いざ裸体を晒して眺めてみても、季慈から気力が失せる兆しはまったく感じられなかった。

『これって、まずいことかな…』

それどころか、どんどんと愛撫する自分がのめりこんでいくような感覚を覚えると、季慈の脳裏には、危険を知らせる本能からのシグナルがよぎった。

「感じるの？　ここ」

「んっ、やっっ」

けれど、愛撫されるたびになんらかの反応をする美祢の体には、そんなシグナルさえ無視させるほど、ひどく季慈をそそるものがあった。

「……感じるんだろう？　反応し始めてるよ」

そして、季慈が感じたシグナルは、美祢自身も感じているもので…。

「やっ、言うな馬鹿っ!!」

美祢は逃れたいのに逃れられない快感から、自然と季慈の首へと両腕を回した。

「ほら、僕の腹部に君のものが当たってくる。固く締まったココを弄《いじ》ってあげると、確実に返事をしてくるよ」

「言うなっ!!」

美祢のほてった体には、季慈の湿った髪が流れるのがひどく心地よかった。

自分でも信じられない、認めたくないと否定はしているが、合わされた季慈の肌と体温に馴染み始めた美祢の肉体は、美祢自身が呆れかえるほど季慈に対して従順な反応を示していた。

「もう…、やっめろってば…!! ごめん、ごめんってばっ」

それが怖くて、いつしか美祢の口からは、やめてほしいという懇願《こんがん》が、うわ言のように出た。

しかし、それを聞けば聞くほど季慈の利き手は美祢の下肢を深くまさぐった。

さすがに百戦錬磨は自負していても男の経験はないので、季慈にしても自分のモノ以外に触れるのはこれが初めてだった。

それゆえに、何度となく触れるのには躊躇《ためら》い、どうしようか? と季慈は迷い続けた。

「マジ謝るから…、やめてろって」

けれど、自分の腕の中で本気で泣き始めた美祢の姿を見ると、どういうわけか『もっと泣かせてみたい』という、季慈らしかぬ方向に思考が走った。

抱いた女にはどこまでもフェミニストだったはずなのだが、やはり勝手が違うからだろうか?

「謝ってんだから聞けよっ、馬鹿!!」

「謝る言葉とは、とうてい思えないけどね」

季慈は躊躇いながらも美祢の耳元に唇を寄せると、ポツリポツリと間を繋げるように呟いてみた。

「んっ」

すると、腰に直下するこの声に弱いのか、美祢はそのたびに小さくのけ反り、季慈を好奇心では収まりきらない未知なる領域へと誘っていった。

「それに、嫌がるわりには感じてる。本気で…イカせてみたくなった」

――堕ちたのは、やはり僕のほうだろうか？――

そんな思いが二人の中に同時に湧き起こった。

瞬間、季慈は戸惑っていた手で美祢自身を探り当て、そっと包みこむように握りしめた。

「あっっ…っ‼」

全身が震えるような快感が走り、美祢は思わず目を見開いた。

「っ…‼」

しかし、それは即座に堅く閉じられる。

「っ…んっ」

季慈はそんな美祢の反応を見ながらゆっくりと利き手を動かし始めると、根元から先端へと巧《たく》みに扱《しご》きあげていった。

『やっ、やだっ‼　おかしくなるっ。こんなのでイッたら、おかしくなっちゃうよ‼』

味わったことのない奥深い快感が、改めて美祢の体を支配し始めた。

「だめっ、やめろっ。やめてっ！」

感じすぎている自分がますます怖くなり、美祢は自分の手を伸ばすと、どうにか季慈の手をはずそう試みるが、それも無駄な抵抗だった。

「いいんだろう？　熱くなってるよ」

巧みとも思える季慈の手淫《しゅいん》は、美祢の理性とはまったく別に、美祢自身を確実に奮《ふる》い立たせていった。

「男に…されて、熱くなんかなるもんかっ！」

それでも美祢は体を捩《よじ》り、とにかく逃れようとした。

ダイニングテーブルに上半身を押さえつけられたままの体勢では、今以上に後ずさることも適わなかったが、できる限りの抵抗を最後の最後までやめようとはしなかった。

「そうかい？　でも、もうそろそろだろう？」

こいつという男は、本当になんて人の神経を逆撫るのがうまいんだっ!!　と、美祢は気持ちのうえでは憎らしくなった。

だが、それに反し肉体のほうは、季慈に完全に手玉に取られ、じきに訪れる快楽を待ち望んでさえいた。

『男に…、しかも…こんなナンパ野郎になんてイカされたら…、僕の人生終わっちゃうよ！』

美祢の中では、ひたすらに自身との格闘が繰り広げられていた。

唇を噛みしめて気を逸らすと、送りこまれる快感に流されぬよう、必死に耐えた。

だが、そんな美祢の耳元に再び唇を寄せてくると、季慈は美祢の息の根を止めるように、ぽつりと甘く呟いた。

「……綺麗だよ、美祢くん」

美祢は思いもよらない相手から、教えたはずもない苗字を囁かれ、今度こそ心臓がドキリどころかギュッと締まって止まるかと思った。

「――――!?」

堅く閉じられた瞼が、あまりの驚きに開かれた。

しかし季慈は、美祢の頬に溜まっていた涙が溢れるように伝うと、より強い刺激を送り、限界へと追い詰めた。

「……んっ……っ!!」

握りしめる季慈の手中で、美祢はこれ以上ないというエクスタシーへとのぼりつめる。

「――――っ!!」

それこそ白い喉《のど》が震えるほどのけ反り、達した自身をビクビクとさせながらも白濁を打ち出し、呼吸をするのもやっとという表情で、その場でぐったりと目を閉じてしまった。

「――――さ、今度は僕だよ」

けれど季慈は、のぼりつめて意識も朦朧《もうろう》としている美祢を、決してそのまま労《いた》り、休めるなどということはしなかった。

上半身だけが寝かされていた美祢の体を腰の位置までテーブルに上げてしまうと、浮き上がった脚の狭間《はざま》に利き手を滑りこませ、その手に受け止めていた白濁を美祢の蜜部へと丁寧に塗りこめていった。

「………なっ!?」

美祢は、なんの断わりもなく突然指の一本を中へと入れられると、驚愕《きょうがく》の声さえあげられないまま、体をぶるぶると振わせた。

「やっ!!」

人差し指か中指かはわからないが、とにかくヌルリとした滑りに任せて季慈に肉体の奥を探られるのが、美祢にはどうにもこうにも不快でたまらなかった。

「やっ!! 何っ!?」

逃れたい一心で腰を捻《ひね》り拒んでみせた。

が、それは逆に季慈の行為を手助けてしまい、進入を手伝うだけだった。

すっかり指の根元までが入りこむと、季慈は指に絡みつくひだを数えるように、指先を動かし始めた。

「……やぁっ…、やっ…やめ…、やめろってばっ!!」

決して感じるはずのない部分であるのに、新たに生まれる感覚が、美祢の蜜部から体全体へとじわじわ広がっていった。

「やっ! 馬鹿っ!! 何してんだよ!」

嫌がる言葉と裏腹に、美祢の体はさらなる刺激を求めているように乱れていった。

季慈が指をいく度かスライドさせると、さらに腰が自然に浮き上がる。

「――――あんっ」

『ふ～ん…』

そんな美祢の反応を観察しながらも、季慈は丹念に内部を調べ上げた。

奥から半ば、そして手前、最も激しく反応する部分を探り当てながら、十分に馴染んだところで指を増やした。

「痛いっ！　やめろってばっ」

ポタポタと流れる涙も気にとめず、季慈は二本の指を自在に動かした。

「ややっ…んっ」

時間がたつにつれて美祢の体からは、本当にもう抵抗ができない、動かすことさえ適わないというほど力が抜けきり、意識のすべてが体内を探る季慈の指へと集中していった。

「本当に、痛いだけかい？　ここ…よくない？」

しばらくして、季慈は美祢の中の一番奥深い部分を、指の腹でクイッと撫でた。

美祢の体がしっかりとした答えを出しているにもかかわらず、季慈はまるで確認を取るようにわざと言葉で尋ねた。

「いっ、いいわけないだろうがっ！」

それが余計に刺激になって、美祢に内部をギュッと締めさせた。

その瞬間に感じた快感を体で察知すると、美祢は自分自身のことながら、悔しくて悔しくてたまらなかった。

涙ばかりが溢れてきて、いつしか頬だけではなくテーブルまでもぬらしていた。

「そう怒鳴らなくてもいいだろう。ちゃんと聞こえるよ。イイんだろう？　美祢くん」

だが、そんな美祢に対して季慈はなおも攻め続け、快感を上回る愉悦《ゆえつ》さえも与えようとした。

「ド変態っ！」

特に自分の声に反応することに気づいてからは、耳元でしゃべることで美祢を聴覚からも煽っていった。

その言葉がいやらしければいやらしいほど正直に反応する美祢が、季慈は面白くて仕方がなくて。

それこそ女性相手に感じたことはなかったことだが、とにかく美祢の肉体と反応が、初々《ういうい》しくて単純で。季慈はすっかり弄り回して楽しむことに嵌められてしまったのだ。

「ほらほら、そろそろ中がほころんできたよ。これなら多分平気…」

もちろん、初めて相手にする男…という抵抗だけは、なきにしもあらずという状態だったが。

それでも美祢が見せる反応や与える感動は、季慈の中に培《つちか》われてきたそれなりの道徳や常識さえ、まったく気にならなくさせるほど惹《ひ》きつけるものがあった。

「―――入れるよ」

季慈は美祢の蜜部が十分異物感に慣れたことを指先で感じ取ると、バスローブの中から自分自身を引き出し、軽く扱き上げて形を整え、美祢の中へと入りこもうとした。

だがその瞬間、なんとなく見えてしまった季慈自身に目を見開くと、美祢は背筋に冷たいものがツッッと走った。

「こっ…壊れる！　ふざけんなっ！　そんなモノが僕の中に、入るはずがないだろうがっ！」

どうやら、金も車も顔も体も立派なものをお持ちのくせに、季慈はさらにパーフェクトなご子息を持っていたらしく、美祢は自分自身が持っているモノとの違いに、わずかに残されたプライドまで、粉砕された気分になった。

こうなると、唯一の救いは、季慈の底なしの性格の悪さだろうか？

どこが救いだ？　という気はしないでもないが。

「そんなの、入れてみればわかるよ。大丈夫、君のここはもう十分僕のを欲しがってるんだから」

「勝手なことぬかすなよ！」

けれど、ここまできたら季慈が美祢から身を引いてくれるなどという確率は、考えるだけ無駄という世界だった。

季慈は潤《うる》んだ蜜部に、整いすぎた肉塊を押し当てると、そのまま上体を前倒しにし、美祢の体を抱き包むように、自身を中へと埋めこんでいった。

『痛ってーっ！』

声にならないほどの悲鳴が、美祢の中でこだました。

ゆっくりとではあるが、奥まで引き裂くように入ってくるのが、美祢には嫌というほどわかった。

『やっ、痛いっ、痛いっ!!』

縋《すが》るものが欲しくて、美祢は季慈の背に両腕を回すと、バスローブの上からでも肌を痛めつけそうなぐらい、爪を食いこませてしがみついた。

『痛っ』

季慈は背に走る痛みに一瞬気を取られたが、それでもすぐさま美祢の様子を窺うと、さらに奥へと身を沈めていった。

「ぁっ…っ」

かなり滑りがよくなっているとはいえ、美祢が受ける圧迫感と激痛は止《とど》まるところを知らなかった。

季慈はそれに気遣いながらも、美祢の一番感じる部分まで肉塊を到達させると、さらに美祢の体を抱き寄せ、耳元や頬にいくつものキスをしていく。

「ぁっ…んっ」

「ずいぶん、乱れたジュリエットだね」

すると美祢は季慈の仕掛けに反応し、確実に季慈自身を締めつけ、悦ばせた。

「いや、乱れているのは、美祢くん自身か」

しかし、そんな季慈に腹立たしさを覚えながらも、美祢は何度となく言葉に出された〝ジュリエット〟という単語と自分の苗字に、見逃していたのかもしれない、いくつかの事実を見い出だそうと懸命《けんめい》になっていた。

「おまえっ、どうして…さっきっから」

美祢には、たんに季慈が自分の着ていたブランドのシリーズ銘を口にしたとは思えなかった。もしそうならば、今日初めて会ったはずの男から、自分の本名が口にされることはありえないからだ。とすればこのジュリエットという単語は、美祢が舞台で演じた役柄のジュリエットということだ。しかも、関係者しか入れないはずの大学の文化祭で、たった一度きりしか上演していない舞台を見ていたということは、少なくとも普段は同じ敷地の中に、知らず知らずのうちに存在している人間なのだと考えられた。

「誰だよ、お前？　僕はお前なんか知らないのに…、どうしてお前は僕を知ってるんだよ！」

騙したつもりで、騙されていたのだろうか？

この男をターゲットに選んだ上田たちとは、どういう関係のやつなのだろうか？

美祢は季慈に楔《くさび》を打ちこまれながらも、肉体を犯される以上に困惑させられ、季慈のバスローブを力任せに握りしめた。

「そりゃ、知っているよ。一度だけの舞台だとはいえ、あんなに心を動かされたジュリエットを見たのは久しぶりだったからね。ただ、あの姿が役柄じゃなくて、君の趣味だったとは驚きだったけど――」

季慈はそんな美祢の髪を撫でつけながら、じわじわと腰を動かし始めた。

「あっ!!」

わずかに動かされるだけで痛みと快楽が体を駆け回るものの、この声が微妙に痛みよりも快楽を上回らせるのが、美祢には憎らしくて仕方がなかった。

「だから、これは舞台から降りたときに、どこまで他人を騙せるかって…、友達と賭けたんだってば！　趣味なんかじゃないっ!!　痛いっ！　痛いってば、動くなよサドっ！」

「だったら、どうせ賭けるなら、もう少しやわな男を選べばよかったのに。どうして僕が標的になったのかはわからないけど、あそこで僕を選んだのは、完全なミスキャストだよ」

季慈は不敵な笑みを浮かべながらも、いくらか自分のモノに馴染んできた美祢を感じ取ると、動きをさらに激しくし始めた。

「おっ、やっ…あっん!!」

その与えられる刺激に、美祢は何度か激しくのけ反った。

考えたくも認めたくもないが、意識が飛びそうなほどの絶頂をいく度も味あわされた。

「お前、聖志館の…生徒なのか？」

こんなやつ、昼間のキャンパスで見かけたなら、絶対に忘れないはずだと確信する。

「…さあね……」

たとえそれがたった一度廊下ですれ違った、遠目で見かけたという程度であったとしても。記憶にだけは鮮明に残るはずだから、二度目に会いさえすれば絶対に思い出していいはずだと、美祢は唇を噛みしめながら思い続けた。

『駄目だ、わからない。こんなやつ…構内で見たことないよ』

「そんなことよりほら、もっと僕に合わせて。君は敗者で、僕はあくまでも勝者なんだよ」

「――――やぁっ!!」

けれど、そんなことを考え続けるのにも限界はきた。

『ちくしょうっ…ちくしょうっ!! 絶対に昼間会ったら生かしておくもんか!』

美祢は自分を抱き続ける季慈にいつしか同調し始めると、息も絶え絶えになりながらも、味わったことのない快感を骨の髄《ずい》までしみこまされた。

解放される一時だけを待ち望んで、今だけは快感に身を落す自分自身に目をつぶることになった。

『僕を選んだのは、ミス・キャストだよ、か』

合わされるままに深いキスを交わしながら、今だけは意識が遠のくのを待った。

『なんてカッコつけた台詞を、気取った声で言いやがるんだか…声!?』

だが、美祢の望んだ一瞬がようやく訪れたときだった。

『あーっっ、そうだよ声っ!! こいつの声は、あのときの白衣の…』

すでに意識はグレイ・アウトしていた。

「たちばなっ…、きい…っ?」

「―――!!」

そして季慈が美祢の中でのぼりつめたときには、美祢の意識は完全にブラック・アウトしてしまった。

最後に美祢の脳裏によぎったものは、小春日和《こはるびより》の構内で落とした本を手渡しあった、もう一人の橘季慈との出会いのシーン―――。

「……遅いって、気づくのが」

季慈はそんな美祢を抱きしめると、こみ上げてくる笑いが今度こそ抑えきれなかった。

「美祢…か」

今宵《こよい》限りの一夜の舞台。

果たしてどちらの役者が上だったのか、今は誰にもわからない。

ただ、最後の最後に美祢の脳裏に渦巻いていたのは、

『人生、終わった―――』

くやしくもその呟きだけではあったが。

4　後腐れる男たち

悦楽の底で就《つ》いた眠りから目が覚めると、美祢は肉体に残る脱力感とけだるさから、否応《いやおう》なしに昨夜の情事が夢でも幻でもないことを実感した。

『腰が…痛いっ……』

心身共に痛ぶられるだけ痛ぶられた。

痛みなど感じたことがない場所に痛みを感じる。

『……痛たたたっ』

美祢はそのことだけで、昨夜の情事が思い起こされ、羞恥で体が熱くなった。

怒りで全身に震えが走った。

『つたく、なんで僕がこんな目に…』

大本はたしかに自分が悪い。

きっかけを作ったのは美祢自身であり、それは自分でも納得していた。

だが、人間決して理屈で割りきれることばかりではない。時として正義をもってしても、割りきれない感情が芽生えるからこそ人間なのだと美祢は思う。

『ううっっ、おのれっっ、橘季慈っ』

けれど、そんな美祢に「落ち着け」と言わんばかりに寝室の窓からは陽射しが溢れ、心地よい空間を演出していた。時間は定かではないが、今が悪夢からは解放されるはずの朝だと、それとなく美祢に伝えていた。

『それもこれもみんなお前がっ——って、あれ？』

だが、どうにもこうにも気が治《おさ》まらない美祢が、季慈に対して文句の十や二十は言うぞ!! と決めて振り返ったときには、すでに同じベッド内に他人の気配はなかった。

美祢が昨夜心底から、「キチク」「悪魔」と呪った男の姿は、影も形も見えなかった。

『いない!?』

テンションが上がっていただけに、これはなにやら拍子抜けだった。

『——ジッと寝顔を見られていたような気がしたのは、気のせいだったのかな？』

しかし、ほかにいくらでも寝る場所があるホテルのスイートルームだけに、さすがに好きでもない男と一緒に寝ることはないかと納得すると、美祢は痛むおしりを撫でながらソロリと身を起こした。

とにかく一度ベッドから降り立ち、寝室から出ようと試みた。

「痛っ!!」

しかし美祢の肉体は、本人が思う以上にダメージを受けていたようで、普通に立ち上がろうとしても下肢に力が入らず、腰から力が抜けるとカクンと膝が折れた。

『あっ、ああっ…あららっ』

それどころかその場にヨロヨロと身を崩《くず》すと、すっかり腰砕けを起こし、ベッド際にヘタりこんでしまった。

「────苦《にが》っ」

美祢は、自分自身のあまりの醜態《しゅうたい》に奥歯を噛みしめると、胸中で「ちくしょうっ!!」と叫びながらも、しばらくは顔が上げられなかった。

情けないやらみっともないやらという現実は、崩れかけていた美祢の男としてのプライドに、鉄球で一撃を食らわし砕くほどの威力を持っていたのだ。

「あれ？　もう起きるの？」

「────っ!!」

すると、そんな美祢に追い討ちをかけるように、季慈は扉を開き寝室へと姿を現した。

「だったら呼んでくれれば手ぐらい貸すのに。どうせ一人じゃ起きられないだろう？　ん？」

洗いざらしのコットンシャツによれたジーンズ。特にブラシを入れたとも思えない、手ぐしだけでまとめられた茶髪。これで白衣を引っかけ、笑ってしまいそうな分厚いレンズの眼鏡をかければ、そこにいるのはたしかに美祢が構内で出会った、あのダサダサのガリ勉おたくだった。

大財閥の御曹司という肩書きがあってさえ、言い寄る女の一人もいないという、声だけがいい男の橘季慈だった。

「処女の後始末なんてしたことないからわからないけど、とりあえずの誠意ぐらいは見せるよ。そこそこいい思いはしたからね♡」

けれど、朝日の中で美祢の前に現れたのは、身なりはあのときの季慈に近くても、その顔にわざとらしいぐらいにダサい眼鏡は存在しない男だった。よれた白衣もなければ、分厚い本の数々もなく、代わりにあるのは利き手に持たれたマグカップ。そして隠すものもなく晒された、憎々しいまでに整った、甘くて彫《ほ》りの深い極上のマスクだった。

『んの野郎っ!! これみよがしに嫌味言いやがってっ!!』

たったこれだけのパーツの違いだというのに、そこにいるのは紛れもなく、昨夜美祢を犯した男で、あたり前のように漆黒のフェラーリに乗り、港区界隈を我が物顔で走り回り、ボトル一本を顔色一つ変えずに飲み乾《ほ》したあげくに美祢を絶頂へと追いやった、気障《きざ》で軟派な好色男だった。

「さ、どうぞ。成り行きとはいえ一夜を明かした者同士だし、夜明けの珈琲《コーヒー》ぐらいは淹《い》れてあげるよ」

季慈は言葉と共に美祢の傍へと寄ると、利き手に持っていたマグカップを右手に持ち替え、空《あ》いた左手を美祢の前へと差し出した。

「――――っ」

美祢の鼻先に、なんとも香《かぐわ》しい珈琲の匂いが漂ってきた。

ほろ苦い香りに甘いボイスは、腹立たしいほど季慈によく似合っている。

「るせえよっ！　誰がテメェなんかとそんなもん飲むか!!」

美祢は、何気ない言動の一つ一つがあまりに絵になる男に腹立たしさが増すと、差し向けられた利き手を弾き、力いっぱいプイと顔をそむけた。

こうなりゃ意地でも自力で立ち上がってここから帰ってやるっ!!　と、決意も新たにベッドに手をかけると、必死にその場で立ち上がろうと試みた。

「なんだ、そういうこと」

だが、そんな美祢をからかうように一笑を浮かべると、季慈は手にしていたマグカップをベッド脇のスタンドテーブルへと置き、完全に両手を空にした。

そして、ベッドにしがみつきながらも季慈に背を向ける美祢へと伸ばすと、

「このままベッドから離れるんじゃなくて、じつはもう一度したかったんだ、僕と――」

季慈は自分よりも確実に一回り以上は狭《せま》い美祢の肩に触れると、ススッと二の腕までを撫でつけた。

「――ひっ!?」

「こんなところでこんなカッコで、何をいつまでものたくたとしているんだろうって思ったら、これって君なりの誘いだったんだ♡」

ついでとばかりに腰を落とすと、耳元に顔を寄せて囁きかけ、

「だったら、答えないわけにはいかないのかな？」

と、トドメとばかりにCHUっと音を立てられると、美祢は顔を引きつらせ、裸体をブルッと震わせた。

「つ、馬鹿野郎っ！　自惚れるのも大概にしろっ!!」

美祢は、どこまでもわざとらしい季慈の仕掛けに心臓が止まりそうなほどキュンとなると、それを振り払うように手近にあった羽根枕を掴《つか》み、力いっぱい背後の季慈へと叩きつけた。

「誰がお前なんか誘うもんかっ!!　お前にもう一度やられるぐらいなら、男なんかやめてやる!!」

「――――おっと!!」

けれど、そんな美祢の渾身《こんしん》の一撃さえ、季慈には軽く躱《かわ》されてしまった。

「やだなぁ、冗談だよ、冗談。そんなはずないだろう？　女だって後腐れが残るのが嫌だから、二度は抱かない主義なのに。何が楽しくって男の君を二度も抱かなきゃならないんだよ」

美祢は飛び散る水鳥の羽根の中で季慈に鼻で笑われ、嫌味まで言われてしまった。

「なんだとっ！」

どこまでもマイペースな季慈の態度は、一方的に美祢の神経ばかりを逆撫でした。

「それに、僕には今日中に提出するレポートがまだ残っていてね、生憎そんな暇はないんだ。もちろんそれが終わったら、学校に行きがてら君のことは送っていってあげるけど」

ただでさえ腹立たしいのに、季慈が改めて美祢に対し同じ大学の同期生として会話を進めてくると、その怒りは数倍に跳《は》ね上がった。

「君の家って大学からは近いの？　それとも君のほうにも、何か急ぎのものとかある？　もしも遅れるとやばい提出物があるなら今のうちに言って。教授には後日にしてもらえるように、僕からフォローしておくから」

学長子息という立場をフルに見せつけられると、そうとは気づかないままこんな結果になってしまった美祢の怒りは沸騰《ふっとう》点へと達してしまった。

「だっ、誰がテメェに送られたいもんか!!　僕は一人で帰れるよっ!!　第一お前からのフォローなんか、単位落としたっていらねぇよっ!!」

美祢は怒りをそのまま勢いに変えると、掴んでいた毛布を引きずりながらもすっくと立ち上がった。

「――――っくぅっ!!」

だが、その瞬間に走った痛みに耐えきれずにガクンと膝を折ると、そのあとは声も出せずにうめくはめになった。

『くっそぉっつ』

再びベッド脇にヘタりこみ、目頭を熱くするというオチになった。

「やれやれ…。ずいぶんと口の悪いジュリエットがいたもんだね。僕が舞台で見たのは、どうやら幻だったらしい」

季慈はそんな美祢の姿に、呆れながらも楽しそうに呟いた。

「それともあれはロミオとジュリエットの舞台じゃなくて、じゃじゃ馬慣らしのアレンジだったのかな？　いずれにせよ、美女にはかわりないみたいだけど…」

これ以上は逃がさないよ、という強引な態度で美祢の裸体に毛布を巻きつけると、季慈はそのまま抱きかかえてベッドを離れた。

「なっ、何白々《しらじら》しいこと言ってるんだよっ!!　下ろせよ！」

肉体に覚えのある浮遊感が、美祢の鼓動を高ぶらせる。

これじゃあまるで、本当に女扱いじゃないか!!　と、さらに自尊心は粉々に、怒りは活火山の噴火状態にさせられる。

「下ろせっ!!　下ろせってばっ!!」

けれど、どんなに美祢が暴れようがわめこうが、がっちりと抱きかかえられた体が季慈の腕の中で、不安定になることはなかった。

スレンダーな姿態の中に秘められた力強さは、どうやらセックスを強いる以外にも発揮《はっき》されるらしい。

「下ろせよっ!!」

「まぁ、いいからいいから」

二人はまるで、痴話喧嘩《ちわげんか》のような会話を繰り返した。

「よくないっ!!　いいわけないだろう、下ろせって!!」

「はいはい、わかったよ」

そうするうちに季慈は寝室を抜け、隣室まで美祢を運んだ。

そしてやわらかで大きめのクッションが三つほど置かれたローソファへと近づくと、

「――はい、到着」

体に毛布を巻きつけただけの美祢をそっと下ろし、そのままサイドテーブルへと移動した。

だが、下ろせ下ろせと訴えながらも、季慈の顔や胸元ばかりを睨《にら》んでいた美祢は、突然広くなった視界に映った一室があまりに一流ホテルのスイートルームらしからぬ状態になっていることに気づくと、呆然となった。

「何が到着だ!!　気取りやがってっ…って、…なんだ、この部屋は!?」

『…これって、え？』

十畳程度の部屋を見わたすと、ここはおそらく書斎《しょさい》として設置された部屋だろうことは、なんとなく理解できた。

一泊二十万も取るだけあって、書棚も机もずっしりと重みのあるアンティーク調の家具が入れられ、一見どこかの社長室のようだ。

『ええ？』

しかし、わからないのはその机に、ノートパソコンだの書類や資料が山のよう持ちこまれ、所狭しと並んでいることだった。

あちらこちらに脱がれた服や着替えが散乱しているのを目《ま》のあたりにすると、とてもではないが昨夜から泊まった部屋には見えなかった。

「…なに？　どうしたの？　キョロキョロして。僕の部屋に珍しいものでもあった？」

首を傾げる美祢に、季慈は珈琲メーカーから新しいカップに珈琲を注ぐと、美祢に「砂糖とミルクは？」と目で尋ねた。

美祢は柳眉を吊り上げながらも、「いらねぇよ!!」と答える。

「そうだね。夕べの今朝で刺激物はよくないかもね。じゃあ…これ」

すると季慈は備えつけの小さな冷蔵庫からグレープフルーツジュースの缶を取り出し、美祢のほうにゆっくりと放り投げた。

「——っ!!」

さすがにキャッチしてしまった手前、これには美祢も「いらねぇ！」は言えなかった。

「…………」

ま、喉も渇《かわ》いているのはたしかだし、これぐらいはいいか…と、美祢はジュースを飲み始めた。

『——やっと口が塞がったか。そうそう、そうやっておとなしくしてれば、君は立派なジュリエットなんだよ。っていうか、極上のね』

季慈はおとなしくなった美祢の姿を確認すると、ようやく安心したように机に向かい、レポートの作成に取りかかり始めた。

もちろん、美祢の爆裂なトーク攻撃への封印など、ジュース一缶では三分と止められないのが実際で、飲み終わるのに一分もかからないような小ぶりの缶ではなおのことだった。

『────すげぇ。あいつ、意外に切り替えが早くて集中力があるんだな。机に向かったとたんに、僕の存在を抹殺《まっさつ》してやがる』

だが、それでも少なくともそれだけの時間があれば、季慈は自分の世界に入れると踏んだのだろうか？

入ってしまいさえすれば、美祢がおとなしくなると踏んだのだろうか？

その思惑は定かではないが、美祢が季慈に背中を向けれらた瞬間、完全に口をつぐんでしまったことだけはたしかだった。

『まるで、他人の存在なんかどこにも感じないって態度で、作業に熱中してやがる』

あまりに昨夜の…。いや、今さっきまでの態度や口調と違いすぎる真剣な後ろ姿に、美祢は見入ったまま缶の端を自然に噛んでしまった。

『不思議だ。こうしてみると、後ろ姿のスタイルは構内で見たときとほとんど変わらないのに、あのときに感じたダサさは微塵《みじん》も感じられない。むしろ、軽薄さばかりが記憶に新しいから、一変してすげぇ真面目でカッコよ…、いやいや。ひたすら真面目に見える』

特に心地よいソファとクッションのやわらかさに体が馴染んでしまうと、美祢は無意識のうちに飲み乾《ほ》した缶を何度か握り直しながら、季慈を観察し始めていた。

『僕の部屋って、さらりと言ってたけど。ってことは、ここはシティホテルのスイートなのに、自室として住んじゃってるってことかな？　そういやここのホテル…、マンデリン東京って、たしかこいつのうちの、橘コンツェルンの系列ホテルだって吉田が言ってたけど…。それにしたって大学生のくせしてホテル住まいかよ。フェラーリに一晩の遊戯代が五十万。なんつー桁《けた》外れな成金学生なんだ。親の金で…』

構内と夜の街ではまったく別の顔を持つ季慈になんとなくだが興味をそそられ、その正体を探るべく推理が展開されていた。

『…とは言いきれないのか。少なくともプールバーのマスター相手には、父親の人使いが荒いの接待がどうのって愚痴《ぐち》ってたんだから、それなりに親の仕事には携《たずさ》わってんのか』

自分が持つ昨夜からのデータと、他人から聞きかじった大まかなプロフィール。美祢が知るのはそれでも季慈の断片かもしれないし、これでほとんどかもしれない。実際のことなどわからないが、素晴らしい二重人格者なのだとは思えなかったし、だからといって、どちらかが無理やり作られたふうにも見えなかった。

『直接こうやって接触した僕が、昨夜意識を失う直前まで気がつかなかったぐらいだから…、当然部長たちがこいつがあの橘季慈だって、知ってて賭けの標的に選んだんじゃ…ないよな』

ただ、何気ない推理によってはじき出された結果、美祢が〝これだけはたしかだろう〟と思えたのは、少なくとも世間は季慈の豹変《ひょうへん》ぶりには気づいていない。吐きたくなるほどの気障男と、身なりも気に留めずに机に向かうガリ勉おたくが同一人物なのだとわかっている者が、美祢の周りにはいないということだった。

『ま、だからどうってことはないんだろうけどさ――』

と同時に、何が楽しくて自分はこんな馬鹿な推理に気をとられているんだろう？　別にこいつがどうであっても僕には関係ない。そんなのどうでもいいことじゃないか、ということだった。

『――どうってことは』

なのにそう思いながらも、どうしてか美祢は向けられた季慈の背中から目が離すことができなかった。再び空になった缶の隅に歯を立てながらも、この瞬間がひどく穏《おだ》やかだと美祢には感じられていた。

「うーん…どうしたものかな。君の場合は、静かになられすぎてもすごく不気味だ…」

しかし、そんな空気の変化に過敏《かびん》に反応したのは、机に向かっていた季慈のほうだった。

「なっ、どういう意味だよ、それ!!」

二人の間に穏やかな空気が漂っている事実に、妙な怯《おび》えを覚えたのは、ほかならぬ季慈自身だった。

「いや、昨夜からさんざっぱらなじられたからね。変に黙って背後にいられると、そのまま背中を刺されるんじゃないかって気になってくるんだ」

言葉では再び美祢を煽り、怒らせることになった。

だが、そのために一変してしまった険悪な空気のほうが、一瞬前に感じた穏やかな空気よりは、どうしてかホッとできる、安心できると季慈は感じた。

「あ、そりゃいい考えだね。今からでも遅くないかも。丸腰の上に背後からなら、十分狙えるもんな～」

むろん、煽りすぎると本当にあたりに凶器を探してしまうところが、美祢の美祢たるゆえの怖さであるが。

「のほほんとしてないで、刺してやればよかったよ。僕の昨夜の痛みを思い知らせてやるためにもね」

「ご冗談を。僕の背中は鞘《さや》じゃないよ。どんなに可憐なジュリエットが振るう短剣であっても、それを受けるわけにはいかないよ」

それでも、ただ淡々とした時を同じ空間ですごすよりは、刺々しい会話の中でピリピリとした緊張感を感じるほうが、季慈は美祢という人間に対して警戒《けいかい》心を覚えなくてすむように思えた。

「たとえまかり間違ってもう一度、僕の剣を君という鞘にピタリと収めることがあったとしても、君から刺されるのだけはごめんだよ。僕は君のようにはいい声で、断末魔なんてあげられないからね♡」

そしてそれはなんとなくだが、美祢にも同じことが感じられたらしく、二人は二人して自分の安心感のために、さらにさらに目くじらを立てていくことになるのだが…。

「そらそらお褒めいただいて、どうもありがとうとよ、とでも言わせたいのかこの色情魔！　何が剣だ！　何が鞘だ!!　どんなにカッコつけてたとえたって、エロい話はどこまでいったってエロなんだよ!!　そういうことを真顔で言えるお前がエロいやつだってことは変えられないんだよっ!!　ったく、何が学長の息子だよ。勉強オンリーの地味な生徒だよ！　蓋を開ければ呆れるばかりのエロっぷりじゃないか！　しかも、そのエロを隠すために他人のふりして腰振ってるところが、さらに根性までいやらしくて嫌だね！　人をおちょくりやがって馬鹿野郎っ！」

黙っていたぶん溜まっていたのか、季慈に比べて美祢の悪口雑言《あっこうぞうごん》ぶりは半端なものではなかった。

「なっ、そこまで言うかい!?　失礼な!!　別に僕は他人のふりして腰なんか振ってないよ！　セックスをするときはいつだって僕自身でしてるよ!!　君としたのだって僕自身だよ!!　だいたい素っ裸でしてるものに、化けるも偽《いつわ》るもないだろうが!!　第一、女装して僕を騙そうとした君にだけは、言われたくない話題だね!!」

「うっ!!」

季慈はそれに釣られて、ついついらしからぬ暴言に走った。

「それに、君はどうも僕の二重生活に騙されてこうなったみたいな言い方をするけど、こうなったのはどこまでも君が友達と馬鹿な賭けをして、僕を誘ったからだよ。僕に対して一晩のセックスを賭けて、飲み比べしようなんて誘惑したからだよ。これに関してだけはほかに原因なんかどこにもない。僕は君が女装してたって男だってわかってたんだから、君が僕を怒らせてムキにさせなきゃ、自分からやろうなんて考えもつかないよっ!!」

「ううっ!!」

珍しく今朝はしゃべりすぎているなと感じながらも、季慈は自分の勢いをセーブすることができなかった。

「それに、外見だけ見て勝手に人のキャラクターを決めつけてるのはそっちであって、僕になんの責任があるんだよ。僕はただ、学校には勉強だけをしに行くから普段着で通ってるだけじゃないか。それに夜のカッコにしたって、父親の仕事の手伝いさせられたり、否応なしに顧客と接待をさせられるから、仕方なくTPOに合わせた身なりをしてるだけで、立場ある社会人としてふるまうことを強要されてるから、締めたくもないネクタイ締めてるだけだよ！」

別にこんなにムキなってまくし立てずとも――と思いながらも、日ごろから溜めこんでいただろう鬱憤《うっぷん》が、ここぞとばかりに爆発してしまった。

「でも、これって常識で考えても普通のことなんじゃないのかい!?　僕がこれで自分を偽っているって責められるなら、帰宅した途端に寝巻き姿でゴロゴロとしてるサラリーマンは、全員責められなきゃならないだろうが!!」

美祢に対して特別腹が立っていたわけではないが、吐き出す取っかかりを作ってくれてありがとう、と言わんばかりに怒鳴り散らしてしまった。

「でっ、でも!!　それで片っ端から女食いまくって、金ぶん撒いてるのはたしかじゃないか!!　誘ったのは僕かもしれないけど、やるって決めて人をコテコテに犯したのは、おまえ自身の意思だろうが!!」

だが、どこにどんな理由や事実があろうとも、やられるだけやられてしまった手前、あとは文句を言うぐらいしか残っていない美祢は、季慈がキレればキレるほど、自分も輪をかけて憤慨《ふんがい》していくことしかできなかった。

「なんだって!?」

「なんだってじゃねぇよ!!　どんなに理由つけたって、お前は僕をやったじゃないか!!　たとえその気なんかなくたって、僕を相手に勃起《ぼっき》したじゃないかよ!!」

それはそれは季慈に向かって「エロいやつだ」などとは決して責められない暴言を、勢いのままに叫び散らしてしまった。

「それこそ男である僕の中でイッて出したくせに、何もかも人のせいにしてんじゃねぇよ、この両《りょう》刀《とう》!!」

「———っ!!」

だが、さすがに身も蓋もないことを言われ続けると、罵《のの》り合いだけではすまなくなってきたのか、季慈は席から立ち上がると、美祢の座るソファへと指の骨を鳴らしながらにじり寄っていった。

「悪かったね、両刀で。どうやら君って人はどうしても、もう一度僕に抱いてほしいらしいね?」

その目は完全に怒気を発していた。

「しかも、手加減なしに容赦《ようしゃ》なく」

ここまで言われたら報復に手段は選ばないと、無言で美祢に訴えていた。

「────っ」

美祢は内心「やばい！　またやっちゃったよぉ!!」と絶叫していた。が、ここまできたら開いた口を今さら閉じることはできなかった。

「なっ、なんだよ！　そんなはずねぇだろう!!」

「じつは女になりたかったたって願望があったなら、素直に言ってごらんよ美祢くん。どうせ一度やっても二度やっても言われることは同じなんだから、多少のことには目をつぶっても、この際とことん僕が開発して上げるよ、その体」

「にっ、二度は抱かない主義だろう!!　後腐れるんだろう!!」

揚げ足取りと言わば言え。

美祢は自分の体がまともに動かないことから逃亡が利かないとあって、どうにか口のみで季慈の怒りを躱《かわ》そうとした。

「それはそうだったんだけどね。なぜか君とはとっても後腐れたくなってきたんだ…」

きっと、目の前にいる男は世界中で一番自分と相性が悪い。

そんなことを思ったのは二人同時だった。

「それも、今すぐにね────」

季慈は美祢の前に立つと、身を包む毛布の端を握りしめる美祢の顎を捕らえ、強引に唇を奪いにいった。

「やっ!!」

美祢は唇を噛みしめながらも、必死に顔を背《そむ》けてキスを拒んだ。

「やめろよっ!!」

けれど、下肢に力が入らないだけに、昨夜の半分も抵抗できない。

躱すに躱せず、ままならない。

『駄目だっ、またやられるっ!!』

そうこうするうちに抱き寄せられると、美祢は諦めが先に立ってしまう。

『また犯されるっ!!』

この腕の強さからは逃れられない。

この男からは逃れられないと、抵抗していた体から一気に力が抜けそうになった。

「やぁっ!!」

「――――」

しかし、美祢の束縛《そくばく》された体や捕らえられた顎は、突然突き放されて開放された。

「…やーめた」

『――――え!?』

それこそ今にも唇が合わさるという直前で、季慈がそっぽを向いたことで美祢は難を逃れた。

「君をこの部屋に連れてきたのは僕のミスだ。きりきりしても仕方がないや」

「？」

季慈はそのまま妙に冷めた台詞を吐くと、美祢を解放して再び机へと戻った。

机の上に放り出してあった煙草《たばこ》を手にすると、まるで今の自分の気持ちを静めるように火を点《とも》す。

「……なっ…なんのことだよ」

絶体絶命の危機から逃れたはずなのに、美祢は季慈に背を向けられた途端に、どうしてか胸がギュッとなった。

季慈の吐き出した白い煙で一線を引かれたような錯覚《さっかく》をし、言い知れぬ圧迫《あっぱく》を感じ、痛いほど胸が締めつけられた。

「別に。よくよく考えたら、本当のことを言われたからって、怒っても仕方がないと思っただけだよ」

何度か深呼吸するように煙草を吸い続けると、季慈はいくぶん落ち着きを取り戻したのか、ゆっくりと美祢のほうへと向き直った。

「僕が君を抱いたのは、興味本位とその場の勢いだ。残念ながら、じつは秘めた恋心が前からあって…なんてものはどこにもない。そりゃ、君があの舞台の上のジュリエットのままなら、本当に女性なら、もしかしたらって気持ちはある。けど、君は舞台を降りたら一人の男だ。僕とは同性だ。

なのに、それがわかっていながら僕は君が言うように、君の肉体でイッたんだ。十分満足もしたし、そんな趣味はないつもりだけど、君の体は僕には具合がよかったと感じたんだ。何よりそういうつくりの顔はもともと嫌いじゃないから、思った以上にその気にもなったし」

そして思うがままに言葉を発した。

「でも、それって裏返せば、たんに僕が無節操《むせっそう》なだけなんだって、改めてわかったんだよ。男の趣味はないつもりだけど、やればできるし、そんなに嫌悪するものでもなかった。経験がないからわからなかっただけで、僕って両方いけたんだって事実が発覚しただけだから、それをどうこう言われても、怒るだけ馬鹿馬鹿しいやって感じただけよ」

その口調からは、先ほどのような怒気は感じられなかった。

むしろそれさえどうでもいいやという、投げやりなものだった。

「それに、どんなに自分じゃ他人を騙してるつもりなんかないって主張しても、実際学生の僕と仕事をしているときの僕は別人だろうから、それが同一人物だったと気づいた君からクレームがきたとしても、ああ…勘違いさせて悪かったねって、言えば終わることだから。君のお遊びの賭けにしたって、いかにもダサい学生のお前だったら持ちかけなかった。多少なりとも見られる昨夜のお前だから誘ったんだって言われれば、それっきりだからね」

そんな言葉の数々を浴びるうちに、美祢は自分の高ぶっていたはずの感情が、急速に冷えていくのが実感できた。特に季慈がすっかり短くなった煙草を灰皿へと落とし、その手でそのままざったそうに乱れた前髪をかきあげた瞬間に表れたやるせない表情を目のあたりにすると、痛む胸がなお痛み、息苦しさは頂点を極めた。

「もっもと、そんな外見でしかモノを見ない、判断しない女たちみたいな台詞を、同性の君から言われるとは思ってなかったから、僕としたことが腹が立ってムキになった。いや…なんだかガッカリして、こんなふうに気持ちを荒立ててしまったのかもしれないけど。そんなものは僕の過信であって君のせいじゃない。ただそれだけだなって気づいたら、気が静まったんだよ」

「――――っ!!」

しかも、話の締めくくりのように呟かれた季慈からの「ガッカリ」と「過信」という単語は、美祢に強い衝撃を与えた。

『………』

他人からあてにされたり頼られたり、期待されるといった言葉は何度となく言われても、それを裏切られたと真っ向から言われたことは初めてだったので。美祢は季慈とのそもそもの話の内容がどうとかよりも、その言葉そのものに息の根さえ止められた気がした。

「…ごめん」

「!?」

だからといって、どうして自分から季慈に対して、ここで謝罪の言葉が出てくるのかは、美祢自身にもわからなかった。

しいて言うなら季慈から発せられた言葉へのショックが大きすぎ、返す言葉が見つからなかった。それゆえにその一言だけが出てきてしまったのだという気もしないではないが。

「…それは、ごめん」

「――――……」

それでも美祢は、自分が思ってもいないことを口走るタイプではないという自覚はあったので、少なからず季慈に対して、心から〝自分が悪かった〟と感じる念が生まれたことは、たしかなのだろうと思った。

きっと謝罪してしまうことで、この場の息苦しさから解放されたいと、本能が働いたことには納得がいった。

『どうしてここでそうなるんだ?』

だが、こんな美祢の反応は、季慈にとっても思いがけないものであり、謝罪された自分の胸が痛むなど、これまでには覚えがないことだった。

季慈はどうしたものか、このあとの言葉が続かないという顔をすると、二人の間にはしばらく気まずい空気と沈黙が流れた。

はっきりいってこの瞬間が、二人にとってはこれまでで、一番居心地が悪かった。

こんな沈黙が続くなら、腸が煮えくり返るかと思うほどの悪感情が込み上げ、キーキーわめいているほうがよほど気持ちがいいのではないかと感じられるほどだった。

『…まいったな』

季慈の胸中に、そんな言葉が不意に過《よぎ》る。

だが、過ったときには次の行動が現れていて、季慈は再び美祢の前に立つと、ジュースの缶を取り上げると、苦笑混じりに言い放った。

「馬ー鹿、真に受けて謝ったりするなよ。むしろさっきの勢いで言い返してくれなきゃ、落ちがつかないじゃないか。君は相手の言葉が本心かどうかも見抜けないで、よく演劇に携わってるね」

「え!?」

その軽い口調に、一変してその場の空気が和《やわ》らぐ。

「遊び人が遊び人と言われて傷ついてたら、毎晩女とっかえてセックスなんてできるはずないだろう? 第一、同性に容姿を嫉妬《しっと》されてグチグチ言われるのなんか今に始まったことじゃないんだから、君が男だったからって変な過信なんかしないよ。文句言われたって、勝手に僻《ひが》んでろって思うだけだよ」

「あ!?」

美祢は季慈から、これまで以上に軽い口調と性格ぶりを見せつけられて、困惑さえ生じる。

「それに、僕が昼間このカッコですごしているのは、本当は構内の女に僕の素顔がバレないようにするためなんだ。なんせ上から下まで両手じゃ足りないからね…、夜の僕が寝た子って。そりゃ、そうなるには基本的に一夜限りって約束が前提だけど、身近にいるのがわかったら、絶対にそれじやすまないのがわかってるから」

「なっ、何っ!?」

季慈は美祢に、さっきの言葉と落ちこみのほうが、じつは偽りだと笑い飛ばした。

本心はこっちなのだから下手《へた》に沈んで場をしらけさせるのはやめてくれと、腹立たしいほど高飛《たかび》車《しゃ》な態度を美祢に突きつけてきた。

「ただ、君にあえてこの姿を晒したのは、君が男で間違っても今後僕に近づいてはこないだろうってわかってるからだよ。君にとって昨夜《ゆうべ》のことは、決して自慢できることじゃないはずだし。まさか癖になったからもう一度♡　なんて、迫《せま》って僕にまとわりついてくることもないだろうからさ」

どちらが本当でどちらが嘘なのか、それは美祢には判断できなかった。

むしろどちらも本当のことかもしれないと思うほうが、シックリとくるような気もした。

『————……こいつ』

だが、もしもそうなら一変したこの空気は、季慈からの気遣いだということになる。

「ねぇ、美祢くん♡」

多少なりにも自分の言動が季慈を滅入《めい》らせたことが発覚し、逆に滅入ってしまった美祢を見たことで、さらに滅入った季慈がフォローしてきたということになる。

もちろん、その方法としてはずいぶんといただけない暴言の連発だが、今の美祢を即効で浮上させるには、どんな慰《なぐさ》めの言葉や甘い態度よりとても的確なように感じられた。

「それとも君に対してそう思ったこと自体、僕の読み違いだったのかな？　なんだかんだいって可愛がりすぎて、君の中に僕への執着を、しっかりと植えつけてしまったのかな？」

それが証拠に、季慈のずうずうしいぐらい自信過剰で勝ち誇《ほこ》った眼差しは、美祢の沈んだ気持ちを一気に復活させた。

二度と触れてはこないだろうと思ったその手のぬくもりは、恐怖でも嫌悪でもなく、美祢の中に照れくささを芽生えさせた。

「んなわけねぇだろう!!　本当にお前って最低だなっ!!　この言葉はお前のためにあるんだって今知ったよ!!」

とはいえ、調子に乗って美祢の隣に腰を下ろし、何気なく肩に回してきた季慈の手はピシャリと叩き落したたし、会話の内容には本気で呆れて言い返しもしたが…。

「それはそれは、どうもありがとう。たとえどんな言葉であっても、僕のために存在しているって言われるのは、決して悪くないね」

だが、それでもそんな美祢の態度に笑みさえ浮かべる季慈を見ると、ついちょっと前に凍《こお》りついたようになっていた美祢の心は温かさを取り戻していた。

「嫌味ぐらい嫌味にとれよっ!!　本当にお前って、自分の実力履《は》き違えて大見得切ってる、大根役者より始末が悪いよな!!」

どんな暴言が飛び出そうと、お互いに沈んでいるよりはよほどいいかもね――――と言いたげな季慈に、不思議な親近感を覚えていった。

「その言葉、そっくり君に返してあげるよ。君自身がどう思って舞台に上がっているのかはわからないけど、君は役者には向かないよ。いいとこ学校のサークル止まりレベルだ。もし将来それで身をたてようなんて考えてるなら、絶対にやめたほうがいいって忠告してあげる」

それこそどさくさに紛れて、とんでもないことを真顔で言われているはずなのに、季慈の口調も表情も取っつきやすくて、美祢はさっきまでとは違う意味で腹が立った。

「なっ…、どういう意味だよ失礼だな!! なんでそんなことお前に言われなきゃいけないのさ!」

「正直に感じたまま言ってあげてるだけだよ。だって、君ってば単純だし短気だし、口は悪いだろう。しかも騙されやすいし、信じやすいし、調子にも乗りやすい。あげくに流されやすくて、とてもじゃないけど面の皮が身上《しんじょう》の役者の世界には向いてるとは思えないからね」

「お前、そこまで言うかっ!!」

ムカムカしながら怒鳴っているのはたしかなのに、刺してやりたいほどの憎さを感じない自分自身に、美祢は戸惑いさえ覚えた。

「それより何よりこうと決めた役を終演まで演じきれない! これはプロとして失格だよ、都会のジュリエットちゃん♡」

「お前っ!! そこになおれっ!! 今すぐ絶対にブッ殺すっ!」

男としてのプライドを罵られるなら、百歩譲《ゆず》って妥協もしよう。

だが、役者としての自分をここまでぼろくそに言われては黙っていられない。

そう思うままに握り拳を震わせ、振り上げ、季慈に振り下ろしているのに。

「おっと!」

「――!!」

その拳をやすやすと受け止められ、なおかつ一回りは大きい掌の中に握りしめられ、〝ちくしょう〟思わされているのに。

その怒りの中にどうしてか、先ほどのような憎しみの感情が湧いてこないことに、美祢は奇妙な気分になった。

「人の心の痛みを知らない者ほど…、他人の心を嘲《あざけ》るものだ……」

しかもそんな奇妙な気分さえ、突然季慈から発せられた台詞には、驚きに変えられた。

『………え?』

「待てよ。なんという美しい光があの窓から溢れているのだろう。あちらは東、とすればジュリエットは太陽だ」

季慈は握りしめた美祢の拳をゆっくりと自分の胸元へと引き寄せながら、美祢にロミオの台詞を語り続けた。

「昇《のぼ》れ…麗《うるわ》しの太陽よ…。そしてその鮮烈《せんれつ》なる光で妬《ねた》み深き月光を、どうか消しておくれ」

一言一句《いちごんいっく》違ってはいない。

たとえそれが代表的なワンシーンの台詞であっても、たった一度の舞台を見て、覚えたものとは思えない。しかも季慈の甘くて腰に響くトーンは、困惑し続ける美祢の性感を聴覚から新たに刺激し、さらに出口のない迷宮へと誘っていった。

「……なんで、そんな台詞…？」

「さあね。あまりに鮮烈なジュリエットだったから、見ていた僕がロミオと同化してしまったのかもね」

出口を求めてやっとの思いで発した美祢の疑問にも、季慈はまともには答えようとしなかった。

「台詞は二回間違えてたし、多少間の悪いところもあったけど。あんなに可憐で綺麗なジュリエットは、本当に久しぶりだったから♡」

それどころか同じ舞台に上がっていた部員たちでさえ、高揚感に飲まれて気づかなかった些細《ささい》なミスを指摘され、美祢は橘季慈という広くて深い迷宮に、ますます嵌まりこんでいくように思えた。

「お前っ……‼」

美祢は、今すぐ逃れなければと、直感した。

「でも…、君にはもしかしたらオフェーリアのほうが似合うかもね。気丈《きじょう》な、それでいて狂気に囚《とら》われた、どちらかといえば可愛い系より…美女、悪女系の役のほうが」

何がどうしてどうなってという説明はあとにして、今すぐ身も心もこの迷いからは逃れなければと本能が騒《さわ》いだ。

「だから僕は男だよっ！　何がオフェーリアだっ！　似合ってたまるか!!」

だが、美祢が逃れたいと思えば思うほど、季慈から合わされた視線も握りしめられた手も、それを許してはくれなかった。

そのまま圧しかかるように体を寄せられても、押しのけることができなかった。

「それは知ってるよ。君が男だってことは、この手で十分確かめたからね」

皮肉ったことばかりを言う唇を近づけられても。

体に巻きついた毛布の合間から、利き腕が器用に入りこんでも。

心身から力が抜けていくだけで、美祢は昨夜ほどの抵抗さえ、できなくなっていた。

「――…とても可憐ではあるけれど、この唇は腹立たしいほど暴言ばかりを吐く、男の唇だ」

まともに唇を塞がれた瞬間、美祢の中で何かが切れた気がした。

「んっ…やっ…やめろってばっ！　主義はどうしたんだよっ!!　二度は抱かないってっ…んっ」

そしてそれは仕掛けた季慈にもいえることで――。

「それは、さっき言っただろう。君とはどうしてか、後腐れてみたくなったって」

季慈は改めて奪ってみた美祢の唇から自分の唇を離すと、これだけはたしかに今の自分の本心だなと思う言葉を呟き、その想いに逆らうことなく美祢の肉体を求めていった。

「君とならもう一度、してみたくなった…。そう感じるだけだよ」

季慈は握り続けていた美祢の拳をあえて解放すると、美祢の肉体を唯一死守していた毛布を力で開き、美祢の裸体を露にした。

「……やっ、やめっ!!」

そしてその細い腰からなだらかな胸元に利き手を滑らせると、たどり着いた小さな突起物に指を絡め、その腹で軽く転がし立たせてみた。

「や、あんっ、嘘を…つけっ！　人を、人を馬鹿にしやがっててっ!!」

形のいい唇が、美祢の首筋を我が物顔で這い回った。

そのつど全身で反応してしまう我が身が、美祢にとっては一番厄介《やっかい》だった。

「どうせ、どうせこれっきりだから、もう少し痛ぶってやろうぐらいに思っててんだろうっ」

だが、季慈にとってはそれがとても新鮮で、とても惹かれるものがあって。

「僕が男だから変な心配いらないしとか思って、ついでに今日の分も抜いておこうぐらいにっ…」

季慈は昨夜より確実に丁寧に、美祢の性感帯を捉《とら》えては愛撫していった。

「さぁ…ね」

「――――んっぁんっ!!」

曖昧《あいまい》な言葉だけを返しながらも、季慈は美祢の肉体を今一度支配し、その反応を確かめながらも、一時の快楽に耽溺《たんでき》していった。

『ちくしょーっっっ！』

結局その日は、季慈の言うところの〝後腐れる行為〟をさんざんソファで堪能《たんのう》した。

そして、そのあと――――。


「ところで、美祢くん。昨夜駄目にしてしまったドレスの替え、朝方同じものを取り寄せておいたけど、さすがに化粧品までは用意できなかったんだ。君、素顔でこれ着て帰れる？」

「かっ、帰れるわけがないだろが、このドアホっ!!　この際なんでもいいからテメェの服を貸せ!!　気が利かない野郎だなっ!!」

「そう。ってことは、服を返しにまた君から僕のところにくるんだね」

「訂正!!　もう着ない服をくれっ!!」

「ぷっ！　わかりやすいね、本当に君って。じゃあこの服は、君には手足があまるとは思うけど、余分にさせてもらったお礼に、あ・げ・る・よ♡」

「――――…やなやつ、本当に」

美祢はどう頑張っても逃れることのできない現実に極限まで追いこまれると、ヒステリックになりながらも季慈の車でアパートに送られ、一夜をかけた長い舞台は一幕を閉じた。

『うわーっっ!!　なんだよコレっ!!　ヨレヨレだったから気がつかないでもらってきちゃったけど、このジーンズ、一着何十万もするビンテージモノじゃないか!!　しかもこのシャツ、一枚七万は下らないって噂の、SOCIALのハンドメイドの逸品《いっぴん》じゃないか!! こんなに粗末《そまつ》に着やがって、これを普段着とかぬかしやがって、本当になんて嫌味なやつなんだっ!!』

だが、そんな美祢がそこからきちんと着替えて学校へ行けるかといえば、そんな気力や体力は、もはや微塵《みじん》も残っていなかった。

〝美祢ーっ!! 無事かー!? 帰ってきたらすぐに連絡よこせーっ!!〟

留守番電話には上田を始めとする友人二人の悲痛なメッセージが目一杯入っており、どうしてくれようかと美祢を煮《に》え立たせるだけで、誰も彼の気を静めてはくれなかった。

そうして美祢はその日一日は心身を休め、とりあえず翌日の休日はバイトにだけ行き、月曜にどうにか登校すると、

「本当にごめんな。見失うなんて思ってもみなかったんだよ」

「無事でよかった! 美祢ーっ」

構内に入るなり、すぐに美祢を取り囲んできた上田や吉田、仲田に、「なんともないよ」と言い続けながらも、おわびに山ほど差し出してきた食券を素直に貰い受けた。

「いやぁ、もー、洒落《しゃれ》じゃなく襲われてたらどうしようかと思ったぜ!!」

なんせ、いくら事実だとはいえ、「本当はあのまま飲み潰《つぶ》れた勢いでやられちゃったんだよ」「あいつには僕が男であることも最初から見抜かれていて、この賭けそのものにも惨敗なんだよっ!!」とはさすがの美祢にも言えなかった。

しかも、自分が最初のプールバーで自腹を切って払った一万円を考えれば、踏んだり蹴《け》ったりなんてものではない。せめて食券ぐらい貰わなきゃ割に合わないよ！　という結論に達しても、誰も美祢を責めはしないだろう。それでも当分、美祢の腹の虫が治まることはないであろうが…。

「…あ…ねぇ、君」

「────!?」

だが、それにもかかわらず美祢は、不意に耳を塞ぎたくなるような声で呼びかけられ、肩を叩かれると、全身を硬直《こうちょく》させながらも振り向いた。

「これ、先生に渡してくれって頼まれたんだけど」

相変わらずよれた身なりしている昼間の季慈から、突然Ｂ５判の封筒を差し出され、そしてすんなりと受け取らされた。

「あっ…ありがとう」

「どういたしまして」

徹底した知らんぷりを決めこんでいる季慈は口元だけで美祢に微笑むと、そのまま何食わぬ顔で通りすぎていった。

『────橘、季慈っ』

乱れた前髪とダサい眼鏡、よれた白衣に隠されたその素顔と姿態は、美祢だけが知っている。

「なんか…、本当に冴《さ》えないやつだな」

「うん。学長の息子じゃなきゃ…、絶対に名前も覚えないって感じだよな」

「言えてる……」

そのことを改めて確信すると、美祢は上田たちの口から出る何気ない意見に溜め息をつきたくなった。

『舞台は違うとはいえ、そもそも役者が違うってことか…』

たいした徹底ぶりだと思いながらも、もしも友人たちが季慈の正体を知ったら驚くだけじゃすまないだろうなと、興味半分、呆れ半分で小さくなっていく季慈の後ろ姿を見届けた。

「ところでそれ何？　美祢」

「あっ、ああ、なんだろう？」

しかし、美祢は吉田に尋ねられるまま受け取った封筒を開き、中身を半分ほど取り出すと、休んで受けられなかった講義のレポートに支払ったはずの一万円札が、しっかりとクリップで挟まれているのを目にし、仰天《ぎょうてん》した。

『あっ、あの野郎ーっ!!』

思わず中身を見られないように速攻で封筒へと戻すと、すでに姿の見えなくなった季慈にまで聞こえるような声で叫んでしまった。

「ふざけやがってっ!!」

アフターフォローが立派すぎて、美祢の中に燻《くすぶ》り続けていた二日間の怒りは、とうとう大爆発を起こした。

「どっ、どうした美祢？」

「なんか変な物でも入ってたのか!?」

「うっ…ううん…。別に…なんでもないよ…うん」

その形相《ぎょうそう》に驚く友人たちを必死にごまかしながらも、今すぐ封筒ごと一万円を破り捨ててしまいたいのを、必死に堪《こら》えはしたが…。

『つたく、人をコケにしやがって!!　今に見てろ橘季慈!!　その化けの皮、絶対に僕が剥《は》がしてやるからな!!』

こうまでやられっぱなしですませるものか！　必ずギャフンと言わせてやる！　と心に誓《ちか》うと、美祢は封筒を握りしめながら、季慈へのリベンジという名の再会を企んだ。

だからそれがさらなる〝後腐れ〟となっていくのに、その法則さえわからなくなるほど、今の美祢は怒りのためとはいえ、季慈しか見えなくなっていた。

5　リベンジ!?

　見かけによらず血気盛んな美祢が、こいつこそが天敵だと定めた季慈に対し、報復の手段として最初に行《おこな》ったのは、今一度その人間像と弱点を正確に知るためのデータ収集だった。

『橘季慈、十九才。私立聖志館大学理工学部一年、学長の息子でありながらも、入試は堂々と表からの受験で満点トップ。偏差値頂点。構内には肩書き乱用しまくって個人の研究室を持っていて、講義を受けていなければたいがいそこにいる。いったいなんの研究をしているかは定かでないが、専門外にも精通しているらしく、その時々によってテーマは変えて何かしらの作業をしているらしい。身長百八十二～三。体重は多分六十五～七十ぐらい？　白衣と眼鏡を外したところ、及びその素顔を見たものは構内にはなし。他人からの第一印象は、とにかく無口で暗そう。秀才かもしれないけど人間嫌い（想像）っぽい。よって、構内に親しい交遊関係はいっさいなしか』

　けれど、何気なく周囲から集めた情報による昼間の季慈像は、どれもこれも今さら知ってもそんなのは嘘だ…と思うようなことばかりだった。

　美祢が欲しいと思えるような、データの類《たぐい》ではなかった。

『はぁ〜。これぞ無駄な足掻きってやつだったのかなぁ？　構内でやつの弱点を…なんて思っても、やっぱり正体をバラしてやるって以外、コレといって方法は見つけられないのかな？』

これらはすべて季慈自身が自己演出によって周囲に植えつけた、完璧なまでの昼間のイメージだ。

『日中は、いるのかいないのかさえわからない、ダサダサの勉強おたく。けど、夜ともなって一度街に出れば、芸能人も唖然《あぜん》としそうな色男かぁ』

いかにも騒がれそうだという肩書きや容姿を持っていながらも、極力《きょくりょく》他人から注目されない、意識されないタイプというのを目的に作られた地味な猫の皮の一枚だ。

『ブランドのスーツにサングラス。漆黒のフェラーリに極上の酒。言い寄る女はとっかえひっかえ。あの口調だと二日に一度はHしてそうだし、絶対に三桁はやってそうな慣れ方だったよな。しかも、相手の女にはわかっていなくても、あいつにはわかっているっていうんだ。自分が一夜限りと決めて相手をした女が、この構内だけでも十人を下らないって。だからバレたくなくて、あそこまで徹底してるんだ』

やはり仕返しをするなら、あの皮をすっぽりと剥がしてやるのが一番だろうと美祢は思った。

だが、下手に剥ぐとそれは本来の季慈の容姿が露になり、構内の女子をキャーキャーと騒がせることになる。

それでは本人の意思はともかくとして、季慈がモテモテの人気者になってしまう可能性があるので、むやみにはできない。モテる男を構内に増やすなど、同じ男としてただの馬鹿だろうと美祢は思うのだ。

『いっそ、あいつがやっちゃった子だけ見つけられないかな？　せめて一度に五人ぐらいにバラせれば、かなりすごいことになるのに』

美祢はそんなことを考えると、ふと講堂内を見わたした。

季慈の口調からすれば、適度に可愛い女の子ではないだろうとは思う。

後腐れが残らなくて積極的で、一夜限りでそれっきりにしても決して良心が痛まない、遊び心のある美女。

『――って、僕にわかるわけないか。変身なら女のほうが十八番《おはこ》だろうし、化粧の濃《こ》さが変わったら、性格まで変わるって子もいるらしいからな』

だが、そうはいっても美祢にはさっぱり見当もつかなかった。

一番楽な方法が叶《かな》わないこともあって、腹立ちまぎれの溜め息が何度となく漏れてしまった。

『でも、レポートはともかくこの金だけは、今日中に突っ返さなきゃな。これでこんなもんまで受け取ったら、本当に奢られっぱなしのやられっぱなしの女と一緒だもんな』

特に、一度は受け取らされてしまった一万円とレポートを見ると、美祢の悔しさは倍々になっていった。

女扱いをされて受け取らされた一万円もさながら、その完璧なまでのレポートには、同じ年の男として無意識に奥歯を噛みしめさせられたのだ。

『それにしても…あいつ。文系の僕とは正反対の専攻を取ってるくせに、なんて要点の纏まった、わかりやすいレポートを作るんだ。おまけにこの綺麗な楷書《かいしょ》。とてもじゃないけどこの文字からあのひねくれた性格は、想像ができないよな…』

しかし、そんなことを考えるうちに、美祢が受けていた講義はすっかりと終わってしまい、ノートはものの見事に真っ白だった。

さすがにこの授業のレポートまで、季慈がどうにかしてくれるわけでもないのに、どうするんだよ!! という状態に陥《おちい》った。

『ま、あいつが構内にいるうちに、とにかくこの一万円だけは突っ返さなきゃ…』

けれど、今後こんな一日が繰り返されないためにも、美祢は「決着はつけてやる!!」とばかりに荷物を持って席を立つと、講堂を出ようとした。

なにはともあれ季慈のもとへと、向かおうとした。

「あれ、美祢! どこに行くんだ?」

するとそんな美祢を見かけた吉田が「今日はサークルの日だぞ。配役決めの日だぞ」と声をかけた。

「わかってる! 先に行ってて、すぐに行くから」

「そうか、じゃあ先に行ってるからな!」

吉田は美祢の行動に不審《ふしん》を抱く節《ふし》もなく、そのまま教室から出ていく美祢を見送ると、自分は一足先に部室へと向かった。

美祢は講堂を出ると、一目散に季慈のもとへと向かった。

『橘季慈、橘季慈と…』

美祢が最初に向かったのは、理工学部の講堂だった。

しかし、そこにはすでに季慈の姿はなかった。人伝《ひとづて》に今日は午後からずっと研究室に籠っていることを耳にすると、美祢は急いで別館にある研究室へと走った。

『たしか、話では最上階の一番奥だったよな…』

普段は特に用もないので、数えるぐらいしか行ったことがない建物だったが、さすがに学長の息子が使っている部屋ともなれば有名だった。美祢は途中で院生に一度尋ねただけで、季慈がいるはずの研究室へとたどり着くことができた。

『なんか、いざきてみると、隔離されてるのか？　って感じの場所だな…』

あたりはやけに静まり返っていた。

『そういやここって、もともと資料室とか用具室ばっかりが並んでる階だもんな…。へたすりゃこの階そのものに、あいつしかいないなんて日も、ざらじゃないのかもしれないいな』

だから、暗いだの人嫌いだのという噂まで立つのだろう。

美祢はそんなことを納得すると、研究室の扉に手をかけた。

「………ねぇ…季慈くん……」

『────ん？』

が、普段なら特に誰も訪ねない、季慈しかいないという噂の一室に、なぜか今日に限って訪問者は重なった。

『先客？』

美祢がそろりと扉を開くと、そこには机に向かったきりで、振り向こうともしない季慈の姿と、そんな季慈に背後から両腕を絡める、爪を赤く飾った女助教授の姿が美祢の視界に飛びこんできた。

『え!?』

白衣の上からでもわかる見事なプロポーション。

三十半ばということもあり若干年増ではあるが、構内でも五本の指に数えられる美女。

いつもはきっちりと束ねられた黒髪が肩に揺れ落ち、色香を全開にして季慈を落としにかかっていた。

『何っ!?　何やってんだあいつは、こんなところで!!』

美祢はその光景にギョッとすると、しばらく身動きが取れなかった。

「大人の女を甘くみちゃだめよ。貴方《あなた》でしょう…？　この前私が寝てる間に、さっさと部屋を出ていっちゃった薄情なオ・ト・コ♡」

しかし、女の細い両手が季慈の仮面である眼鏡を外そうとし、また長めの前髪をかきあげようとすると、美祢は妙にムカッとするものを覚えた。

「なっ…、なんのことですか？」

季慈は特に動揺している様子は見せなかったが、とりあえず素顔の死守には最善を尽していた。

「最初はあまりに印象が違いすぎて、想像もできなかったけど…。私、これでも勘はいいほうなのよ。それに寝た男の体のサイズは忘れないほうでね。もちろん、二重生活にはそれなりに理由があるだろうし、そんなことは聞かないわ。子供じゃないもの…、私♡」

だが、女は言葉を続けながらも、季慈の襟元から手を差し入れた。

「でも、あんなすごいセックスされて一度きりなんて寂《さび》しいわ。私の言いたいことわかるでしょう？　ねぇ季慈くん」

『まいったな…』

季慈は顔を背けながらもそれとなく抵抗したが、内心では学校の助教授だけに、どうあしらおうかと思い悩んでいた。

『どうするかな？　この手のタイプは邪険にするとうるさそうだし…。かといって好きにさせてもしつこそうだ…』

けれど女は季慈が悩んでいる間に、さらに大胆な行動に出た。

赤い唇を耳元に寄せると軽くキスをし、そのまま唇を合わせようと、顔を覗きこんだ。

『――――このっ!!』

と、そんなときだった。

「たっ、橘季慈ーっ!!」

美祢は溜まりに溜まったムカツキが弾け、とうとう扉を開いて部屋の中へと飛びこんでしまった。

「!?」

「!!」

それに心臓が止まるかと思うほど驚いたのは、絡みついていた女と、絡みつかれていた季慈だった。特に女のほうはとっさに季慈から離れると、いかにも気まずいという顔で美祢からスッと視線を逸らした。

『って、僕はなんでこんなこと!?』

だが、そんな女の態度を目のあたりにすると、美祢は自分が起こした行動が、急に恥ずかしくなってきた。

「しっ…、失礼しました！」

これではまるで、わざと二人の仲を邪魔しに飛びこんだみたいじゃないか!! 嫉妬したみたいじゃないか!! と思うと、カッとなった身を翻《ひるがえ》し、即座に扉の外へと出ようとした。

「待って！ 違うんだ!!」

が、そんな美祢をこの場の季慈が、みすみす見逃すはずなどなかった。

女を振り払うと椅子から立ち上がり、ここぞとばかりに逃げる美祢の体を後ろから抱きすくめると、

「誤解だよ、誤解だ!! 僕には君だけだ。君しかいない!! だからあんな女のことを、勘違いしないでくれ!!」

片手でしっかりと美祢の口を塞ぎながら、突然わけのわからないことを訴え始めた。

『いっ!?』

まるで「捨てないでくれ!!」とばかりにすがる季慈に、美祢の頭の中は「?マーク」だらけになり、それを目のあたりに見せつけられた女のほうは、見る見るうちに蒼白《そうはく》になっていった。

「きっ、季慈くん?」

「先生、何を勘違いしてるのか知りませんが…、僕は…、僕は本当はこういう人間なんです」

だが、ノリにノってしまった季慈は、拘束した美祢をいかにも愛《いと》しそうに抱きすくめると、そのまま頬擦りなんかもしてみた。

『はぁっ!?』

「そっ…そんな…嘘よ!! 私をごまかそうとしてるんでしょう!?」

女は冗談だろうと思いながらも、ひどく慌て、また引きつっていた。

「僕は勉強しか脳のない人間です。そんな、先生の言うようなことが…、できるはずないでしょ。しかも、僕には大切な恋人がいるんですよ。彼のような…恋人が」

『何!?』

美祢はここにきて、ようやく自分が季慈に利用されていることに気づいた。

それもとんでもない使われ方で。

「それとも先生みたいな美しい方が、僕みたいな男と…情事をしたって言うんですか？」

「――――」

ホモ、バイ、ゲイ。

おそらく現状の女の中では、アブノーマルを拒絶する言葉で溢れ返っているに違いなかった。

心地よさそうに美祢の体を束縛し、撫でまくっている季慈の姿にまんまと騙されて。とうとつにこんな猿芝居に巻きこまれた美祢に対しても、同様の誤解をしているに違いなかった。

「んっ……んーっ!!」

冗談じゃないよ!!　と美祢は暴れまくった。

だが、季慈の片手はそれを制するように、美祢への拘束を強めた。

利き手を上着の内側に忍びこませると、確実に美祢の感じる部分をシャツの上から撫で回していた。

「んっ、んっ…」

美祢は頬が紅潮してくると、息苦しさと同時に与えられる奇妙な快感に、自然と目を細めた。

乱れた襟元から見え隠れする首筋や肩には、先日残したキスの痕《あと》がまだ色を残している。

季慈はそれに誘われるように唇を下ろすと、舌を這わせて微笑した。

「んーっっっっ!!」

美祢の足元に、手にしていた教科書が音を立てて散らばった。

必死に首を振って抵抗するが、他人が見ればどう頑張っても悶《もだ》えているようにしか見えなかった。

「――――」

女はそんな美祢の表情に唇を噛むと、無言で部屋を出ていってしまった。

ご丁寧に扉を閉めてもくれたが、その勢いには「人を馬鹿にしてっ!!」との怒りがこめられているようだった。

「ふぅ…、助かった」

女が立ち去ると、季慈はすぐに美祢を解放した。

美祢は若干乱れたシャツと呼吸を必死に取り繕《つくろ》いながらも、ようやく自由になった口で叫びまくった。

「何しやがんだよ!! こんな所でいきなり!!」

嘗められた首筋を擦《こす》りながらも、美祢は怒りまくって抗議した。

「なら、別の所でじっくりならいいのかい?」

「ふざけるな!! いきなり抱きついてわけのわからねぇこと言いやがって! お前、あの女を自分から引かすのに、僕のことを利用しただろう!!」

あれでは完全に美祢までが、その手の人間だと思われた。美祢にすれば、とばっちり以外の何物でもない。

「それは、絶妙なタイミングで君が飛びこんできてくれたから…。助かったよ、ありがとう♡ってことで」

しかも、まったく気持ちのこもっていない季慈からの〝ありがとう〟に、美祢の血圧はますます上がった。

「じょっ…冗談じゃねぇよ!! なんで僕がお前の尻拭いに利用されなきゃならないのさ! 僕までホモだと思われたじゃないか!! こんなことが噂になったら、どうしてくれるんだよっ!」

だが、季慈はフッと口元だけで微笑むと、美祢の足元に散らばったままの教科書を拾い集め始めた。

「それは大丈夫だよ。あの類の立場もプライドもある女は、よもや迫った男がバイだのホモだったなんて、口が裂けても自分からは言わないよ。ましてや僕は学長の息子だし…。こんなトラブルを自らバラして、職をなくしたくはないだろうからね」

そして拾い集めた教科書を美祢に手渡すと、季慈は白衣のポケットに手を突っこみ、煙草とライターを取り出し一服し始めた。

美祢にとってはその涼しい顔が、何より腹立たしさを倍増させた。

「最低…。お前みたいな男に迫る女も女だけど…、どう考えたってやっぱりお前のほうが数段上だよ」

「君と違って、伊達《だて》にこなしてないからね」

相変わらず嫌味さえ通《つう》じない季慈に、美祢は自分が利用されたことにも腹が立ったが、何より衝動的にこの場に飛びこんだ自分自身が許せなくて、その場で歯軋《ぎし》りをしそうになった。

「ところで、こんな所に僕を訪ねてきてくれたのはレポートのお礼かい？」

しかし季慈は、そんな美祢に質問をしながら再び机に向かうと、開いていたノートパソコンのキーボードを叩き始めた。

チラチラと見える画面に視線をやっても、美祢には何をしているのかまるでわからない。

「そんなはずないだろう！　あの日はテメェのせいで学校これなかったのに!!」

だが、今はそんなことは関係ない。

「それは、君の具合がよかったから♡」

「ダーッッ!!　言うなっ!!　それを蒸し返すと血管が切れる!!　それよりコレだコレ!!　人を馬鹿にしやがって、どういうつもりなんだよ!!」

美祢はジーンズのポケットから一万円札を取り出すと、怒りも露にそれを季慈の後頭部に突きつけた。

季慈は横目でそれがなんだかを確かめると、美祢の手を押し返しながら、笑って「ああ、それかい？」と言ってみせた。

「それはあのとき、預かっておくって言ったものじゃないか。だから返したまでだよ。それに、経過は変わっちゃったけどやらしてもらったのはたしかだからね。しっかり返しておかないと♡」

だからそれは君が取っておいてよと軽く話を流すと、季慈は視線を画面へと戻そうとした。

「何が経過だよ、しっかりだよ！　人を馬鹿にするのも大概《たいがい》にしろよな！　こんな金、誰が受け取れるか!!」

むろん、そんな季慈の態度は、美祢のテンションを上げることはあっても決して下げることはなかった。

「いいから…。どうせ食券賭けて女装するほど、貧乏なんだろ？」

無理やり受け取らせせようとする美祢と、それを拒む季慈の手が微妙に絡み合った。

間にはさまれた一万円は、罪もないのにぐちゃぐちゃになっていく。

「なっ！そんなことテメェに言われる筋合いはないんだよ!!金持ちだと思ってつけあがるなっ！」

「僕はたんに、女性にお金を払わせるのが主義じゃないだけだよ」

だが、その一言がいけないのだという究極の台詞を季慈が吐くと、

「だから僕は男だよっ!!」

大噴火した美祢は怒りに任せ、手にしていたお札を季慈の机にバン！　と叩きつけた。

が、あまりに勢いづいていたためか、その手は目標を誤り、よりにもよってキーボードへと直下した。

「――――!!」

その瞬間、画面はプツッと消え、季慈と美祢の目は同時に見開いた。

「なっ…!!」

一瞬にして蒼白になった季慈は、手にしていた煙草を灰皿に揉《も》み消すと、やばい!! まずい!!と脳裏に過った美祢の手を跳ねのけ、ノートパソコンの電源を入れ直し、どうにか立ち上げ直して作業の続行を試みた。

「……嘘だろう…」

が、季慈の最善の努力もむなしく、それは何度何をしても、どうにもならないという結果を出した。

とにかくパソコンが立ち上がらない。

ゆえに、季慈がたった今処理していたデータが、衝撃を受けたことでどうなったのかさえもわからない。

「あれが凍結…するなんて」

青褪《ざ》めた季慈が振り返ると、美祢は全身がすくみあがった。

刃《やいば》のような視線が、容赦なく美祢に突き刺さった。

「出ていけ」

「―――…」

季慈の声が本気で震えていた。

なんの研究だか、資料だったのかはまったく定かではないが、そうとうなデータを抹殺したらしいことは窺えた。

「あっ…その」

「今すぐ出ていけ！　君の顔なんか見たくもないよ！」

季慈は席を立ち上がると、美祢の腕を掴み上げ、引きずるように扉へと向かった。

手にしていた教科書の何冊かが、美祢の腕からこぼれていく。

「あっ、ちょっ!!」

だが、季慈は季慈に対して何かを訴えようとする美祢を部屋の外へと追い出すと、無言で扉をバタンと閉めた。

「――――…ぁ、」

季慈から発せられたあまりの怒気に、美祢は心から、冗談やうっかりではすまないことをしてしまった。どうしたらいいんだろう？　と、罪悪感と動揺が胸中に湧き起こった。

しかもそんな美祢に追い討ちをかけるように、季慈は少しばかり扉を開くと、美祢が落とした教科書を無造作に放り出してきた。

そしてその最後の一冊は偶然にも美祢の顔を直撃し、美祢は思いがけない痛みに悲鳴をあげた。

「――――っ!!」

目元を襲った突然の激痛に、とっさに美祢は両手をあてがった。

「――――え!?」

しかしその姿を見た瞬間、季慈は失った冷静さを取り戻すことができた。

慌てて扉を全開にすると、蹲《うずくま》っている美祢の顔から両手を離し、どこにどんな形で本がぶつかったのかを確かめた。

「あっ…」

けれど、そのときにはすでに右の目元が腫《は》れ始めていた。

男にしては綺麗すぎる美祢の顔と肌は、そのぶん些細な傷さえ大袈裟《おおげさ》に見せた。

「ごめん、ごめんよ」

「…………？」

美祢はそんな痛みの中で、『信じられない』と感じていた。

別に、季慈がわざと本をぶつけてきたわけではないのは、わかっている。

むしろわざとされても、不思議のないようなことを先にしたのは美祢のほうだ。

「目には…、当たらなかった？」

「……え…うん」

傷はたしかにズキズキと痛んだ。

だが、それでも扉を閉められた瞬間に感じた胸の痛みよりは、数倍も楽に感じられた。

「大丈夫だよ、これぐらい」

「ごめん、とにかくもう一度入って」

再度部屋に入ることを許されると、それだけで痛みさえ薄れる気がした。

「とりあえずの治療しかできないけど」

季慈は気重そうな口調で美祢にそう言うと、まずは美祢を長椅子へと座らせ、傷口を冷やし、その場でできる限りの治療を施《ほどこ》した。そして一とおりの手当てが終わると、季慈は無言で美祢から離れ、窓際の隅に置かれたサブデスクの上で、静かに珈琲を淹れ始めた。

まるで荒立った感情を静めるように、ドリップから落ちる一滴一滴を見つめた。

『――――……』

十畳程度の部屋の中には、しだいに特有の香りが行きわたり、季慈は淹れ終わった珈琲を一つしかないカップに注ぎこむと、美祢にスッと差し出した。

「砂糖とミルクは置いてないけど」

「ありがとう」

美祢が受け取ると季慈は、自分の分を置いてあった二〇〇ｃｃのビーカーに注ぎ、再び机へと向かった。再度立ち上がらないパソコンに向かうと、しばらくは美祢の存在さえ気に留めず、あれこれと弄り始めた。

そんな季慈の背を見つめると、美祢は受け取ったブラック珈琲を口にすることしかできなかった。

『苦い……』

味わったことのなかったそれに、美祢は最初は顔を歪めた。

だが、そういえば先日も思ったことだが、この香りは目の前にいる季慈にひどく似ている。飲んでみると味もダブるものがあるな――と感じ始めると、その珈琲は妙に口に馴染んできた。

魅惑の香り。

だが、とても苦みのある味だ。

『変な…やつ……。ビーカーのほうをよこしゃいいのに…』

とはいえ、美祢は事の流れが速すぎて、何がなんだかわからずにいた。

ただ一つだけわかっていることは、まだ自分が季慈に対して、〝謝っていない〟ということだった。

いくら何か仕返しをしてやろうと思ってはいたとしても、それはこんな形ではないということだけだった。

『ごめんっ…て…、言わなきゃ』

ゆえに、頭をかかえながら必死に机に向かっている季慈の後ろ姿に、美祢はどうにか言葉を切り出そうして、その隙を探し続けた。


そうしているうちに珈琲を飲み終え、二~三十分たっただろうか？

季慈は諦めたように眼鏡を外して机に放り出すと、携帯電話を手にし、どこかへとかけ始めた。

「あ、僕だ。ちょっとアクシデントがあって市場のデータが飛んでしまった。今日の分は申しわけないけど、時間までには動かせなくなったから。改めてデータを纏めておいてくれないか？　うん…そう、この分は別のところでどうにか埋めるよ。資料はホテルのほうに届けておいてくれ。じゃあ」

用件だけを告げて電話を切ると、冷えたビーカーに持ちかえた。

「ごめん…」

一区切りがついただろう様子の季慈に、美祢はやっと声をかけることができた。

季慈は椅子ごとくるりと向きを変えると、長い足を組み、冷えた珈琲を飲みながら美祢に苦笑してみせた。

「君に消されたのは株のデータだからね…。今日動かせなくなったがために被《こうむ》る損害を考えると、正直いってとても言葉一つじゃすませられない」

それはいったいどれくらいの桁になるのだろう？　美祢は季慈の豹変ぶりを考えると、想像さえつかない桁なんだろうなと、ため息が漏れた。

「けど…、そうは言っても僕も感情に任せて君に怪我をさせちゃったから…、何も言い返せない。お相子《あいこ》かな」

季慈はスッと立ち上がると、美祢のほうへと歩いてきた。

隣に腰を下ろされたが、不思議と美祢の体は逃げなかった。

「べっ…別に…、大した怪我じゃないよ。野郎の顔に本が当たったぐらいで、そんなふうに思われても…」

それどころか美祢は、自分の傷と莫大《ばくだい》な損害を比べられてもという戸惑いから、ペチペチと傷を叩いてみた。

けれど、そんな美祢の手を掴むと、季慈は怒ったように振り払った。逆に自ら美祢の顎を掴むと、力強く引き寄せた。

「やめないか！　大した怪我だから気を遣ったんじゃないよ、役者の顔だから僕も我に返ったんだ！」

「……え!?」

「顔は舞台に立つ者には命だからね、それがたとえヘボでも」

真剣に向けられた言葉に、美祢は驚きと怒りがごっちゃになった。

「もっとも、本人に自覚がないのに過剰な心配なんかするんじゃなかったって、たった今後悔してるけど」

「……なっ……」

一言二言返したいが、美祢の顎を離すと季慈はムッとしたようにビーカーの中の珈琲を飲み始めた。

誰のために怒っているんだかもわからない季慈への言葉など、美祢にはどうにも浮かんでこない。

「あ、ところで…これは返しておくよ」

けれど、因縁の一万円札が改めて出されると、美祢は即座に首を振った。

これ以上これを押しつけあって、また何かを起こしてもな…とは思う。だが、だからといってこればかりは美祢も素直に受け取りたくはなかった。

「やだ」

「まだ言うのかい？　じゃあ、その傷のお詫びってことで、ちゃんと医者に行ってくれないか？」

「誰がこんな掠《かす》り傷で医者なんか！　第一、そんな理由でこれを受け取ったら、僕はあれを弁償《べんしょう》しなきゃならなくなるじゃないか!!」

それこそ福沢さん一枚ではすむまい！　という金銭的な理由ではなかったのだが、とにかく美祢は季慈から、このお金だけは受け取りたくなかった。

『つたく、強情だな!!』

季慈はそんなことを思いながらも、美祢に言われたまま〝あれ〟を見た。

一瞬にして消えたデータ。

きっと壊れてしまっただろう本体。

腹立たしさばかりが湧き起こる。

『――――……弁償ね』

だが、季慈は飲み終えたビーカーと共にお札をサイドデスクに置くと、何を思ったか美祢に不敵な微笑を浮かべた。

「それは、いい考えだ。じゃあこうしようか」

「ん？」

「君の怪我が完治するまで僕が責任を持ってあげる。そのかわり、あれの弁償は君がしてくれ…、その体で」

空になった腕を伸ばしてきた季慈に、美祢は驚きながらも速攻で立ち上がった。

「なっ…冗談じゃないよ!!」

空になったカップを握りしめたまま、一直線に扉に向かって走った。

「ああ、冗談じゃないよ。本気だよ。だって今日の相場《そうば》で受ける損害分のおかげで、僕はまた父親につけこまれて労働を強いられるんだ。それこそ当分ナンパされて遊ぶ暇もないぐらい。だから、その欲求分ぐらい君が補《おぎな》ってくれても、罰は当たらないだろう?」

だが、そんな美祢を扉の前で捕まえると、季慈は扉と自分の両腕の中に作ったわずかな空間に、すっぽりと美祢を閉じこめた。

「ちなみにそのカップ、マイセンの逸品だから間違っても落とさないでね」

「なっ…何!?」

しかも、こんな悪条件の中で発せられた季慈からのさりげない一言は、美祢の右手を完全に封印してしまった。

「安っぽい意地をとおそうとするから、こういうことになるんだよ。こんな二人きりになれる場所に、僕を訪ねてきた君が悪い」

季慈は残った左手首を掴むと、扉に押しつけ、完全に美祢の自由を奪った。

それでも律義《りちぎ》にカップを手放せずにいる美祢に微笑むと、そのまま美祢のシャツのボタンを一つ一つ外していった。

「何が悪いだ!!　悪いのはお前に決まってるだろう！　ここは構内じゃないか！　聖なる学びやじゃないかっ!!」

「でもここだけは僕の自室だから♡　しかもこんなに人里離れた、絶好の逢引《あいびき》の場所だ♡」

次々に外されていくボタンに、美祢は全身でやばいと感じた。

この男なら、構内だろうが、教会だろうが、それこそ便所に連れこんだってやりたいときにはやる！

「だからって！　あんっ、やだっ!!　こんな所でこんなことしてくる、お前が悪いに決まってるじゃないかっ！　変態っ！　色魔っ!!」

たとえこのまま扉に背を預け、立ったままの状態であっても、やると決めたら最後まで、何がなんでもやり遂《と》げる!!　と、思えて。

「やっ…、やめろよ馬鹿っ」

美祢は、開かれたシャツの中に顔をうずめられると、素肌にキスをしていた季慈に逆らいながらも懇願した。

「――やめろっ…て」

けれど、そんな声は耳には届かないとばかりに、季慈は外気に晒され固くなった美祢の乳首にやわらかな愛撫を集中させた。

「あっ…っ、やだっ」

美祢は季慈にそこばかりを執拗《しつよう》に嘗められ、吸われ、そして軽く歯を立て噛まれると、もどかしいばかりの快感が全身に走り、自然と腰のあたりをもぞもぞと捩《よじ》った。

カップを握りしめる美祢の手に、あからさまに力がこもった。

『……おもしろいやつ……』

すでに次の快感を待ちかまえているのが、美祢自身にも季慈にもわかる。

そうじゃなくても二人が肌を合わせたのは、たった二日前のできごとである。なのに、体がそれを忘れきっていないうちに、攻め立てられたのでは美祢にとってはあまりに分が悪かった。

「やだっ!!」

「そうやって言葉で逆らうわりには、君の体って快感に正直だよね。でも、その否定的な言動がいいといいえば、いいのはたしかなんだけど」

いつしか力の入らなくなった美祢の左手を、季慈はそれとなく自分の肩に回るように誘導した。

そして自由になった右手を美祢の体に回し、抱き寄せながら扉から離すと、美祢の背と扉の間に生じた隙間を利用し、季慈は利き手で美祢の腰へと触れていった。

「んっ…」

上着とシャツをたくし上げながら、ジーンズの中へと利き手をもぐりこませる。

きめ細かい肌をたどりながらも、双丘の間へと長い指先を滑らせていく。

「────っ!!」

美祢は尾骶骨《びてい》をなぞりながらも、その奥の窪《くぼ》みを探す季慈の指先に感じ入ると、否定しているはずの意識さえ、ぼんやりとしたものに感じられてきた。

「いいだの、もっとだの、早くなんて言葉は、いい加減に聞き飽きたからね。君が見せる抵抗って、ある意味新鮮で心地いいよ。男ってところに問題はあるけど、それ以外は文句ないし」

言葉と共に季慈の愛撫は、より激しさを増していった。

美祢は痛みを覚えるほど乳首を攻め立てられると、いつしか甘い吐息を漏らした。

「やっ…、やだっ」

季慈はどうしてかその声がもっとはっきりと聞きたくなって、胸元にしていた愛撫を徐々に首筋へと上げていった。

そのまま外耳まで舐め上げると、季慈は自分の存在や送りこまれる快感に、否定ばかりをする可愛げのない唇に、直接愛撫を仕掛けてみたくなった。

「────っ」

抱き寄せる腕に力を入れると、深々と唇を合わせ、激しく舌を差しこんだ。

季慈はまるで美祢の口内を犯すように、唇のすべてを奪っていった。

「んっ、んっ…っ」

しばらく美祢は、呼吸さえままならなかった。

季慈の唇が、我が物顔で美祢の理性を食い破っていく。

「んっ……」

美祢は貪《むさぼ》りあうようなキスに頭が真っ白になると、カップを手にしていた指先にさえ力が入らなくなり、結局足元へとカップを落とした。

ガシャン!!　と音を立てて壊れたカップの存在は、一瞬だけ二人の行為に歯止めをかけた。

「――――!!」

「――――!?」

美祢を抱いている季慈。

季慈に抱かれている美祢。

相手の状態とおのれの状態を、二人は同時に理解した。

しかも、

『――――僕は…こんなに夢中になって、何をしてるんだ!?』

どちらともなくそんな思考が過ったときだった。

【演劇部の美祢くん、演劇部の美祢くん、至急部室にくるように。どこ行ったんだ!!　サボるなーっつっつ!!】

室内に設置されているスピーカーから、美祢は突然の構内放送でやけくそのように呼び出された。

「ひぃっ!!」

現状を忘れかけていた美祢にとって、これは頭から冷水をかけられたような衝撃だった。

『なっ、なんてことだ…』

季慈にとっては、まるで彼女の部屋へとまんまと上がりこんで、ここぞというときに親に踏みこまれたような衝撃だった。

二人が二人して、すっかり時間のことなど頭から飛んでいたことが明らかになる。

『ひえーっ!! 部長が怒ってるっ!!』

だが、普段温和な上田がこの放送である。

これはかなりこの部屋にきてから時間がたっているのだろうと、美祢は焦《あせ》った。

「どっ、どけっ! 橘季慈っ!!」

美祢はすっかり気の緩《ゆる》んだ季慈の腕からすり抜けると、全開されたシャツを閉じ、慌てながらも長椅子に置かれた教科書を引っ掴んだ。

「やばい!! 急がなきゃ!!」

しかし、部屋から飛び出していこうとした瞬間に季慈に肩を掴まれ、美祢は今一度しっかりとその体を抱きしめられた。

「ちょっと待った。誰が途中で行っていいって言った?」

「お前の許可なんかいるもんか!」

必死に振りほどこうとしたが、意地悪で引き止める季慈の腕は、ビクリともしなかった。

慌てふためく美祢の姿にクスクスと笑うと、季慈は改めて唇を奪った。

「――――っ!!」

バタバタと教科書が美祢の手元から足元に落ち、逃れようとする体が服従するまで、そのキスは続けられた。

「んっ…っ、んっ」

そしてそれはたっぷりと二～三分は続いただろうか？

美祢が嫌々ながらも白衣の襟を握りしめ、季慈に陥落《かんらく》を示すと、満足そうに微笑みながら拘束を解いた。

「これに懲《こ》りたら…、もう僕には絡まないことだ…」

思わせぶりなキスのあとにしては、冷ややかな台詞だった。

「何っ!?」

意表をつかれたような顔をする美祢に、季慈は落ちた教科書を拾い上げると、「はい」と手渡す。

「あ、ボタンがずれてる。何をしてたか見え見えだよ」

教科書を受け取りながらも、美祢は季慈の言葉に慌ててボタンに手を当てた。

「―――!!」

だが、ボタンにかけ違いなどないことに気づくと、最後の最後までからかわれたことがわかり、美祢は腹立ち紛れに思いきり季慈の股間に膝蹴りを食らわせた。

「────っ☆」

「ざあまみろっ！　なめんな、バーカ!!」

ここぞとばかりにアッカンベーをすると、予期せぬ痛恨の一撃にヨロける季慈を尻目に、今度こそゆうゆうと、美祢は研究室を出ていった。

それこそ外れるのではないかと思うほど、力いっぱいバタン!!　と扉を閉めて。

「────なっ…なんてやつだ」

しかし、そんな扉を見つめていると、季慈は痛みよりも怒りよりも、無性《むしょう》に笑いが込み上げてきた。

「くっ…、あははっ」

ここまで下品なやりとりを他人とするのは、生まれて初めてのことだった。

なのに、こんな目に遭いながらも、そのあと声を発して笑える自分がいたなど、季慈自身も今気づいたと思った。

「あははっ。まいった。本当になんて突拍子もないやつなんだ！」

と同時に、あの場でカップが壊れてくれて、本当によかったと思った。

突然の構内放送には、命拾いをしたと感じられた。

美祢との間に芽生えた奇妙な距離と感情を、今ここですっぱりと断ち切ってくれて、ありがとうとさえ思った。

「なんて過激なジュリエットなんだ」

なぜなら今の季慈には、人や恋に執着するつもりもなければ、固執するつもりも全然なかった。

ましてや、冗談でも、美祢とその道に走るつもりも、毛頭ない話だった。

「舞台を降りたら一時の夢さえ見せてくれない。愛の言葉もくれやしない」

だが、それでもあのキスはまずいだろうと、ただならぬ予感が走った。

貶《おとし》めたいという目的もなく、一瞬美祢が同性だということさえ忘れ、ついつい本気でのめりこんでしまったあの瞬間のキスの感覚だけは、決して自分にも美祢にとっても、百害あって一理なしだと季慈には確信があった。

「あたり前か。あれは都会のジュリエットだ。しかも男だ。僕が追い続けた舞台上のジュリエットじゃない。僕の…、ジュリエットじゃない」

季慈は自嘲《じちょう》しながらも、美祢に関わるのはやめにしようと心に決めた。

壊れたカップを片づけてしまったら、ここで彼の存在もこれきりにしてしまおうと足元を見た。

だが、

「あ、まだ切れてないのか!?」

季慈は、そこに一冊だけ拾いそびれた教科書が残っているのを発見してしまった。

またこれを届けにいかなきゃならないのかと、頭をかかえそうになった。

「―――いや、そう思うから切れないんだ。こんなものは誰かに預けて、それですませてしまえばいいことだ…」

けれどそのあと、季慈はこんなことを自分に言い聞かせるのも、なんだか滑稽《こっけい》だと思いながらも、拾い上げた教科書を机の上に置いた。

前髪をかきあげながら、ため息を一つ零した。

「それで、すませてしまえば…」

そして沈んでいく太陽を窓から眺めながら珈琲を淹れ直すと、夜のスケジュールが始まるまでの一時を、一人静かにすごしていった。


一方、美祢はといえば———。


『あー、やっと少しはスッキリした!!　こまこました情報なんか探さなくたって、結局男の弱点なんか今も昔も一つだよな!　ざまあみろっ!!』

ようやく〝してやったり♡〟という気分を味わうと、意気揚々と廊下を走って部室へと向かった。

そして乱れた呼吸の原因をすっかりすりかえてしまうと、美祢は心臓のあたりを押さえながら、深呼吸をし、乱れた息を整え直した。

『痛っ、なんだ?』

しかし左胸を手が擦った瞬間、美祢はピリピリとした痛みが乳首に走ったのを感じた。

まるで摩擦《まさつ》で負った火傷《やけど》のような痛みに、思わず眉をひそめた。

『あっ！　あれか!!』

だが、それが、季慈からここにばかり集中的に受けた愛撫のためだと気づくと、落ち着いたはずの呼吸や体の熱は、一気に上がって復活してしまった。

なにやら体の奥が、ジンジンとしてきた。

『消去っ!!　消去だあんなの!!』

美祢は、あんなものは記憶から消してしまえ!!　と自分に言い聞かせると、部室の扉を乱暴に開き、遅ればせながら、仲間の中へと入っていった。

「ごめんなさい。遅くなりました!!」

すると、そんな美祢にすかさず仲田が寄ってきた。

「お、やっときたな美祢。俺の放送、上田部長にそっくりだっただろう！」

お前だったのか…と言うべきか、大変助かりましたと言うべきか、美祢は仲田の言葉に苦笑を浮かべながら、必死に思考を切り替えた。

だが、そんな美祢の顔を見ると、上田が慌てて寄ってきた。

「美祢、この湿布はどうしたんだ？」

そう言って右の目元に手をあてがうと、とたんにほかの部員も美祢自身も、怪我の部分に意識が集中した。

「あ、これはちょっとしたアクシデントで…」

「見せてみろ」

「……………え？」

驚いている美祢をよそに、上田は固定された湿布を剥がすと、怪我をした部分を直《じか》に確かめた。

心配そうに仲田や吉田も覗きこむ。

すると、

「二〜三日は腫れるな。ま、しっかり手当てされてるから痕は残らないだろうが、顔は気をつけろよ、美祢。お前は演劇部の看板役者なんだからな」

「――――!?」

いったいいつからそうなったのだ!?　と思いつつも、美祢は抗議ができなかった。

「顔は役者の命だぞ」

「――――!!」

しかも上田から季慈と同じような注意を受けると、素直に返事ができなかった。

心配して言ってくれたことがよくわかるのに、あたり前のことを言われたとも思うのに。

どうしてか今だけは、素直に「心配してくれて、ありがとう」とは口にできなかった。

「じゃあ、遅刻の罰として腹筋五十回な」

だが、上田は湿布を元どおりに戻すと、そんな美祢の軽く肩を叩いた。

あえて怪我のことにはそれ以上触れずに、罰則だけを美祢に言いわたした。

「えーっ!!　五十回!?　体育会系じゃないんですよ、部長!!」

「遅刻一分につき腹筋一回。これはみんなで決めたことだ！」

にっこりと微笑みながらも、美祢の体を教室の隅へと追いやった。

「————…ちぇっ」

美祢は話題が逸れたことにホッとしつつも、今日はなんて日なんだと思うと、渋々と腹筋を始めた。

『ってことは、結局五十分もあの野郎に時間をさいちまったのか。ちくしょっ！　こんなことならもう二発ぐらいかましてくれればよかったよ』

ただし、美祢の脳裏には数のかわりに、『股間に一発、股間に二発』と、蹴り上げのシミュレーションが繰り返されたことは言うまでもないが…。

「じゃあ、続けようか」

「はい」

それでも見た目だけは律義に腹筋をする美祢を見ると、周囲は微笑みながらも本日の本題に入り始めていた。

一月《ひとつき》後に控えた学校行事の一つ、クリスマス祭の舞台でやる出し物とキャスティングを、ちゃっかり美祢抜きで決めていた。

『股間に四十九発、股間に五十発!!　再起不能で終わりっ!!』

「部長、終わりましたー♡」

腹筋はつらかったが気持ちは妙にすっきりとした美祢は、頭の中でさんざん季慈に蹴りを食らわせると、ようやく話の輪の中へと入っていった。

「――――っていう話なんだが、どうだろう。この怪しい部分はまぁカットするとして、話は面白いからいけるだろう？」

だが、美祢が耳を傾けたときには、あらかた上田が説明しきったあとだった。

「うーん…斬新《ざんしん》な内容でいいかもね。それに、クリスマス祭は夜だし、ちょっと内容がアダルトなほうが受けるかもしれないし」

女子部員は乗り気だった。

「それに…これはけっこう前評判になる内容だと思うぜ…」

「配役もぴったりだし」

男子部員も乗り気になっていた。

こうなると、美祢一人が内容を把握《はあく》していなくとも、話はどんどん進んでいった。

「じゃあ、決まり。これでいこう。いいな、美祢」

美祢にとっては、なんだか知らないが遅刻したのに、役があるならありがとうという状態だった。

「え？　僕は女役じゃなければなんでもいいよ」

「まぁ…一応男役って言うよな…これは。じゃあ、決まりな」

このさいジュリエットの二の舞でないなら、美祢は馬の足でもOKという気持ちしかなかった。

「で、なんてお芝居をやるの？」

「シバの女王。お前、ちゃんと男役なんだけど、女王様だからよろしくな」

「は!?」

だが、なにやら謎めいた説明をされて首を傾げる美祢に、上田をはじめとする部員たちは、全員満面の笑み浮かべていた。

「それから悪いけど、今回のシナリオは文芸部のオリジナルだから。もう少ししないとできあがってこないんだ。だから、今言えることは美祢が今回も主役だ♡　これだけだから」

「――――え？　僕でいいの？」

シナリオはないは、あらすじは聞き逃したはという状態なので、美祢は主役と言われても、何がなんだかさっぱりだった。

ただ、文化祭から立て続けに自分が大役ばかりをもらっていいのか？　そのほうが心配で、確認を取ることにばかりに意識を持っていかれていた。

「もちろん!!　全員一致でお前しかいないから!!」

「あ、そうなんだ。なら、なんか…わかんないけど…ありがとう。女装じゃないなら頑張るよ。うん」

了解が出るとここだけは、素直に主役を引き受けた。

が、快く納得した美祢ではあるが、よもや文芸部オリジナルの〝シバの女王〟の主役の衣装が、スケスケのアラビアの踊り子風だなどとは想像もしていなかった。

しかも、たしかに美祢は男役ではあるが、流行りものに走ったシナリオの中身のために、ほとんど〝男娼のような女王役〟であることなど、今は怖くて誰も美祢には説明できなかった。


灼熱《しゃくねつ》の砂漠にありながらも、涸《か》れ果てたことのない神秘の泉を持つ小国・シバ――。

その泉を他国の侵略から守るために、代々の女王（最も美しいシバ人）に課せられる義務。

美しく生まれたがために、逃れられない悲運が女王を襲う。

けれど、それよりなにより女王の運命を狂わせたのは、隣国の若き王。

初めての恋。

そして芽生えた、狂おしいまでの愛憎――。


そう。あらすじだけなら聞こえはいいが、早い話美祢は、欠席ならぬ遅刻裁判の結果、ジュリエットより確実にすごい役を嵌められたのである。

男役なのに王に恋をするという、だったら素直に女役にしろよ!!　という、とんでもない役を決められていたのである。

「おっと…、それじゃあ今日はここまでだな。文芸部からシナリオがきたら即練習に入るから、それまでは大道具や小道具、衣装を全員で負担していく。いいな！」

「はーい♡」

しかし、そうとは知らずにまんまと嵌まった美祢に対して、周囲はいつになく上機嫌だった。

「それにしても、面白いキャラクターだよな…美祢って」

「そうね。最初は顔が綺麗なだけかなって思ったけど…、そうじゃなかったわね」

若干良心は痛むものの、彼らにとってこの舞台には、どうしても女王になりうる美少年・美祢の存在が不可欠だったのだ。

たとえ美祢を騙し討ちにしたとしても、成功の二文字のためには、本人に「やる」と言わせなければならなかった。

彼らは舞台で喝采《かっさい》を浴びるためなら、人一人に道を外させることぐらい、けっこう平気な貪欲人ばかりだった。

なぜならこの部は、今までそうやってきたおかげで大学のサークルとしては珍しいぐらいレベルが高いと有名になったサークルだったのだ。

「特別演技達者ってわけじゃないんだけど…、とにかく容姿が舞台栄えするし、なんかこう中から光るものがあるのよね…。ま、役者にとっては一番大事な資質なんだろうけど……」

「そうだな。それはある」

それこそ創立のころの部員たちが卒業後、たまたま芸能方面で成功を収めた者が多かったことがきっかけなのだが、そういうきっかけこそ、案外伝統になって根強く残ったりする。聖志館においてもそれは例外ではなく、それ以後聖志館演劇部には優れた人材が集まり、〝商業劇団顔負け〟の演劇部へと成長してきたのだ。

そして、それは今年の面々にも言えることで――。

「今回は話自体もロミジュリ以上に冒険だし…。上田とどう絡むか…、本当に楽しみだよ」

「部長も今年になって、いいパートナーに巡り合って…。きっと喜んでるわよ」

まず部長である上田は、中学・高校時代に何度も演劇コンクールで優勝経験のある、アマチュアではかなりの実績と知名度の持ち主だった。

そして吉田は吉田で幼いころからモデル事務所に所属しており、決して派手に売れているわけではないが、細く長く仕事をこなしてきたキャリアのある、現役バリバリの息の長い芸能人だ。

しかも仲田に至っては、今はなくなってしまってはいるが、商業劇団に所属していたことも舞台を踏んだこともある経験の持ち主で。そのほかにも劇団上がりやモデル上がり、美術系に長《た》けた者、服飾に長けた者などなど、総勢三十人がそれぞれ色濃いキャラの集まりだった。

イコール、「舞台と成功が命」の熱血人ばかりだったのだ。

「ああ…。生き生きしてるからな、今年は。美祢のいなかった去年、一昨年に比べてさ……」

「そうね♡　ますますあの二人、公私共に話題になって、観客動員数が増えるかも」

ゆえに美祢は、そうじゃなくとも嵌められようとしていたのに、自ら遅刻をしてきてしまったがために、今後何があっても役から逃れる道を完全に閉ざされてしまった。

たとえ後日、女装の女役よりもっと悲惨な女装の男役だとわかっても。

人寄せのために、私生活にまでとんでもない誤解や噂話が流れても。

どんなに泣いて嫌だと訴えても。

「歴代記録、塗り替えられるかもねーっ♡」

「かもねじゃなくて、塗り替えるんだよ！」

それはこんな大事な日に、「遅れてきたあなたが悪いのよ!!」と、言われる運命が待っているだけで。常に功績を残す先輩たちに、追いつき追い越し伝統の演劇部をさらに盛り立てよう！　という面々相手に、つけ入る隙をたっぷりと与えてしまったにすぎなかった。

「――――あ、そうだ美祢。動き始めたらけっこう短期集中で練習もきつくなるからさ、バイトのスケジュールの調整だけはしっかりしとけよ。うっかりクリスマスの当日にバイト行かなきゃ！　は洒落にならないからな」

ともなれば、あとは「この問題だけだ」と、上田は美祢に釘を刺した。

「はーい。せっかくのかきいれどきだけど、ここだけは空けますよ。事務所の仲間には恨まれそうですけど、しばらくは時給のいい所に派遣してもらえるように頼んで、帳尻は合わせます」

美祢はケジュール帳を開きながら、これからバイトを予定していた土日の数を確認しつつ、ざっと収入計算をした。

「なぁなぁ美祢、お前のやってる配膳《はいぜん》のバイトって、そんなに時給いいのか？　って聞くまでもなく、それだけで生活してるんだから、それなりにはいいんだろうけどさ」

と、そんな美祢に「俺もやろうかな」と言いたげな仲田が声をかけた。

「うん…いいはいいけど、派遣場所によるよ。それにキャリアも。語学堪能だとなおさらいいかな。外国人のパーティーとか、やっぱり片言《かたこと》でも最低英語はいるって場所は時給も二千円ぐらい貰えるし。そうじゃないところはランクによって、千二百円から千五百円ぐらい。一ヵ所に専門になっちゃえば常備契約って内容になって、もう少し時給も上がるけど。僕みたいに空いてる時間だけでってなると、なかなかそうはね」

「ふーん…」

「とはいっても、僕の場合行けば最低半日から丸一日の仕事になるから、日当に直すと一万円から一万五千円ぐらいになるの。まともな仕事で大学生に、しかも野郎にこれだけ払ってくれる職種ってそう多くないだろうから、お勧めっちゃお勧めだけどね」

美祢は簡単に説明しつつも、仲田に「お前もやってみる？」と笑顔で返した。

「そっか、じゃあ何かのときには紹介してくれな。今のところはいいけどさ」

「ＯＫ！　いつでも言って♡　ただし僕の行ってる事務所は厳しいから、そのつもりでね」

「おうっ」

と、そんな会話の中に、今度は吉田が顔を出してきた。

「それにしても偉《えら》いよな、美祢は。自活しながら大学に通って、部活までやってるんだもんな。しかも、学費も自腹でさ…」

「吉田…」

「実際の話、大変だろ？　ここの学費って決して安くないし。物価にしたって都心ほどじゃないにせよ、この辺だってそれなりだしさぁ。親孝行は親孝行で感心するけど、無理しすぎて体壊すなよ」

一度美祢に忠告しようと思っていたことを、あたり障りのないように言ってきた。

「うん。心配してくれてありがとう。でも、誤解しないでね。別に僕のうち、生活が苦しいわけじゃないよ。ちゃんと父さんが生活費も学費も送ってくれてるから」

ただそれだけに、美祢は慌てて言いわけをした。

「え？　そうなのか!?　じゃ、なんでそんなにバイト三昧《ざんまい》なんだよ？　土日は全部潰してるじゃないか。都合が合えば、平日にだって、深夜行ったりしてるだろう？」

上田は首を傾げると、ぎっちり詰めこまれたスケジュール帳と美祢の顔を見比べた。

吉田や仲田も顔を見合わせては首を傾げる。

「え？　それは…、僕が父さんの反対を押しきって、あえてこの学校を選んだからだよ」

すると美祢は珍しく苦笑しながらも、吉田たちへの言い訳を、説明へと変えた。

「———それって、私立じゃなくて国立行ってくれってことか？」

「ううん。そういうことじゃないんだ。たんにここが、父さんと母さんが知り合って、学生結婚したところだからなんだ。離婚しちゃった二人にとって、思い出深い学校だから。だから、父さんとしてはどんなにお金がかかってもいいから、別の大学に行ってほしかったみたい。僕にはそのつもりはなかったんだけど、父さんは、僕が母さんの面影《おもかげ》を追ってこの学校を選んだ…って、勘違いしてるみたいでさ」

自分の苦学生ぶりに、他人が想像しがちな理由などない。

「――――美祢…」

「たんに僕は、ここの演劇部が大学のサークルとしてはレベルが高いって聞いたから、選んだだけなんだけどね。でも、そういう理由があったにしても、父さんの気持ちを考えると、やっぱり気が引けちゃって。最終的に許してはくれたけど、費用を出してもらうのが悪いような気がして。それで仕送りは使わないで取っといてあるんだ。それだけなんだよ、僕のバイト理由は」

ただ個人的に思うところがあり、美祢自身が頑張ってしまっているだけなのだと、三人には聞かせた。

だから心配しないで――――と、笑って。

「そうか。でも、それはそれでなんか胸にジーンときたぞ、美祢！　今夜は出血大サービスで俺が奢ってやるから、酒でも飲もうぜ！」

しかし、そんな美祢の背中をバンバンと叩くと、仲田は美祢のスケジュールの空きを確かめにかかった。

「………え!?」

「あ、それいいな！　飲もうぜ」

美しくも人懐っこい顔で、吉田も仲田の後押しをした。

「でも、腰を入れて飲むとなるとザル揃いだからな…。買い出しして、いつもの内々宴会にしようぜ。美祢、ってことだからお前の部屋貸せ。部長、舶来物のビデオ観賞会でもして、今夜は盛り上がりましょう♡」

「あっ…ああ」

「よっしゃあ、今夜は飲み会決定!!」

上田は吉田と仲田の勢いについついうなずき、美祢は「決定って…」と、笑顔を再び苦笑に変えた。

『――ま、いいけどさ』

とはいえ、美祢としては彼らに奢られる酒にはまったく抵抗はなかった。

酒とつまみを三人が、場所の提供を唯一一人暮らしをしている美祢がというパターンは、これまでにもいく度となく繰り返しているし、何よりこの三人が美祢にとって、とても気負いのいらない仲間だからだ。

ただ、揃いも揃ってうわばみなのが唯一の欠点なのだが、それでも季慈と比べれば…と、美祢は思い出しかけて首を振った。

『消し消し!!　あんなやつ!!』

何気ないアイテムの一つからでも鮮明に浮かんでしまう、皮肉な微笑に嫌な予感を覚えると、美祢は橘季慈という人間を、自分の中から徹底して抹殺にかかった。

「んじゃあこのまま、買い出しに行こうぜ♡」

「おうっ!!」

そしてそのためにもここは三人に便乗して盛り上がり、美祢は一路《いちろ》自室のあるアパートへと向かった。


「はいはい、じゃあ上がってー」

「おじゃましまーす」

六畳一間の1Kに野郎が四人ともなれば、それはそれは密集度が高かった。

だが、荷物のほとんどが備えつけのクローゼットにきちんと収められ、そのうえ二畳程度の広さでついているロフトを寝床にしているので、特別な息苦しさは感じなかった。

ちょこんと置かれたコタツの四方にそれぞれがストンと収まってしまえば、飲んで騒ぐにはちょうどいい空間で。三人は美祢の部屋が大のお気に入りだった。

美祢にしても、自宅で四人で和気藹々《わきあいあい》としているのは、なんとなく気が楽で心地よかった。

「それじゃあ乾杯♡」

だが、そんな美祢が抹殺したはずの季慈の存在を思い起こし、ダークな気分に埋没していったのは、飲み会もピークに達したころだった――。

「すっげーっ…。やっぱ外人はでけえよな～」

美祢の悲劇はなんてことはない、仲田の一言から始まった。

「やっぱ、日本人には…ないサイズだよな…あれってさぁ」

出だしは買いあさってきた酒を飲みながら、とにかく演劇について熱く語り合っていた。

そしてそれは半ばをすぎるころにはすっかり女の話に入れ替わり、酔いが表立ってくるころには秘蔵の裏ビデオ観賞大会となっていた。

が、そこにかなり酔いの回っていた仲田が突然ズボンのファスナーを下ろし、自分のモノと画面の中で頑張っている外国人男優のモノを、しげしげと見比べ始めたことからおかしくなってきたのだ。

「言えてる言えてる～。やっぱ硬さが身上の日本人なら、標準はこんなもんだろう」

仲田のモノを覗きこみながら、同意している吉田もそうとうハイテンションだった。

無言ながらもうんうんと吉田に同意している上田にしても、すっかり理性を飛ばしていた。

これだから、馴れ合いすぎた野郎同士の飲み会は…である。

「そぉお？　これに近いもんなら見たことあるけどぉ」

しかも、そんな三人のノリと大量のアルコールにいいように飲まれると、美祢は忌《い》ま忌ましいと思いながらもうっかりしたことを口から滑らせた。

「えーっ！　誰だよそれって、学校のやつかよ!?」

「ううん。そうじゃないけどぉ」

「じゃあどこで見たんだよ！　こんなもんそうそうお目にかかれる代物じゃねぇだろう？」

「まさか美祢、じつはどっかの野郎にそんなモノを見せられたのかっ!?」

しまったと思ったときにはいっせいに三人から追及を受けたが、あまりに否定的に頭を左右に振ったためか、美祢の酔いは倍になった。

「ちゃうちゃう…！　立ちしょんしてたおっちゃんだよ!!」

ゆえに、季慈が聞いたら目くじらを立てそうな言い逃れになってしまったのだが、とりあえずは疑われることはなかった。

「そうか〜ならいいが。美祢、俺は心配だぞぉ。お前そそるんだもんな〜」

だが、美祢の言葉を聞くと、仲田はどさくさに紛れて抱きついた。

「そうそう、部長みたいなむっつりすけべには気をつけるんだぞ〜」

吉田もクスクスと笑いながら、それとなく美祢に含みのあることを言った。

「馬鹿言えっ!!」

上田は二人をド突き倒すと、勢いに乗じて美祢の隣をキープ、ここがチャンスとばかりに擦り寄っていった。

「安心しろ、美祢ぇ。俺はむっつりじゃないからな〜。はっきりだから迫るときには明るく迫るからな〜♡」

細い肩に腕を回すと、冗談めいたことを言いながらも、グイッと傍に抱き寄せた。

その様子に、『これはけっこうマジだな』と、仲田も吉田も息を飲む。

「やだなぁ、部長ってば！　冗談ばっかりー♡」

ただし、切りかえしてくる美祢の酔いも半端ではなかったので、上田は美祢に思いきり突き飛ばされるとクローゼットに頭をぶつけ、今夜も駄目かと肩を落とすはめとなり、仲田と吉田の同情を、一身に煽るだけだった。

『――――苦っ、悲惨』

『部長…、つらすぎ…』

「ほらほら、そんな所に寝てないで部長っ!!　もっと飲みましょうよ！　画面もクライマックスですよぉっ♡」

しかも、そんな上田たちの気持ちなんか微塵も気づかない美祢は、酔った勢いから上田を突き飛ばした事実をごまかすように笑うと、脱線した話題を再びＶＴＲへと戻していった。

【ａｕ…ａｎ…】

賑わう外野を一向に無視し、画面の中の外人さんたちは声も絶え絶えに頑張り続けていた。

【ｈｉ…ａｕｎ!!】

「本当だ、すげぇ」

すると、四人が四人してこの瞬間だけは画面に釘づけになり、なんとなくもそもそと下肢に手をやった。

親しき仲にも礼儀…などない、無節操なやつらである。

『………あれ？』

だが、そんななかで美祢は自分になんの変化も起きていないことに気づくと、「ん？」と首を傾げた。

仲田たちはすでに勃起してしまった下肢を覆い隠しながら、どこで自己処理に走ろうかとそわそわしているのに、どうして自分だけが反応していないのだろう？　という状態だった。

『なんでだ？　酔いも手伝って、かなり興奮しているはずなのに』

美祢はそんなことを思うと、下肢よりジンジンとしているように感じる胸元に、そっと利き手を移動してみた。

キュッと立った乳首に触れると、そこはまだピリピリと痛んだ。

その痛みが今日の季慈との行為をまざまざと思い出させると、美祢は季慈の執拗なキスと執拗な愛撫を思い起こした。とうてい敵わない力と技に、さらに時間をかけて自分を支配しようとする、傲慢極《ごうまんきわ》まりない男からの、快感に満ちたセックスを思い出した。

『なっ…、なんでこんなときにあんなやつのことを……!?』

しかも、こともあろうか画面の中で覚えのある体位を見せられると、美祢は自分と季慈の姿がダブってしまい、瞬時に体中が熱くなった。

反応していなかったはずの下肢にまで、熱が集まるのを実感した。

〝馬鹿!! 馬鹿馬鹿馬鹿っ! しっかりしろっ、自分っ!〟

美祢は、酒が回りすぎたせいだと思いたかった。でなければ、悪夢に取りつかれたままなのだと、信じたかった。そうでなければこの熱の出どころは、あまりに美祢にとっては異常すぎた。

あってはならないものだった。

「どうした? 美祢」

「まだ終わらないのか? 手伝ってやろうか」

すると、いったいいつの間に処理したというのか、吉田と仲田は悪びれた様子もなく、前後から美祢の体に絡みつてきた。

当然、彼らは泥酔に任せて撫でまくってくるのだが、それを受ける美祢のほうは、なぜか酔いが覚めていった。

「うわっ！　いいってばっ！　やめろよ吉田っ！　仲田っ！」

背後からふざけて羽交《は》い締《が》めにする吉田に、手早くシャツのボタンを外している仲田。

際どくはあるが、悪気もその気もないのがわかっている二人の悪戯《いたずら》なので、上田は「おいおい」と言いながらも止めようとはしなかった。

むしろ二人の絡みに便乗して、頬を染めながら嫌がる美祢の姿を堪能してしまった。

「美祢くんのストリップ・ショー！」

だが、そんななかで仲田が調子に乗り、ババーンと美祢のシャツを開いた瞬間だった。

「……………うわっ!!」

突然現れた無数の充血の痕に、仲田は思わず酔いが飛びそうになった。

アルコールのためにうす赤くなった肌に残っているキスマークが魅《み》せる色香に、改めて泥酔しそうになった。

『あっちゃーっ』

見られた美祢にとっては、ただ恥晒しなだけの刻印だが、吉田と上田もこれには唖然という顔だった。

「あーあー、数えきれねぇや…」

季慈が残した充血の痕に、指を当てながらも吉田がぼやく。

「美祢の彼女って、すげえ嫉妬深そうな。こりゃ、絶対に浮気なんかできねぇよな……」

「たしかに。あーあー、乳首すり切れてんぞ…痛いだろ、コレ」

よもや美祢が季慈に…などとは想像もできない三人にとっては、きっと悪魔みたいな女に乗っかられたんだな…と、美祢にとってはありがたい解釈をしてくれた。

「で、いつから彼女がいるんだ？　美祢」

ただ、めざとい上田から、それはそれでこれはこれ…とばかりに鋭い突っこみを受けると、美祢は乾《かわ》いた笑いを浮かべ、再び飲みに走ることとなったが。

『つたく、ちくしょうっ!!』

どうしてこうもあいつのために、自分が言い訳もままならない状態に追いこまれるのかと思うと、美祢の季慈への恨みは確実に倍増され、さらにさらに悪感情を深めることとなった。

6　最凶の二人

憎《にっく》き天敵と定めた季慈の存在ではあるが、美祢自身が「もはや、そんなものに気をとられている場合ではない!!」という事態に陥ったのは、飲み会から四日後のことだった。

『――――嘘っ』

飲み会のときや翌日は、酔いに紛れて気にも留めなかったが、美祢には時間と共に、嫌でも気づいたことがあった。

それは朝起きると同時に自分と共に起きている〝若さの象徴〟のことなのだが、どうしてかこれまでと勝手の違う現象が起きたのだ。

それはとても単純かつ簡単なことなのだが、以前のように女性（おかず）を想像してやりすごそうとすると、なぜか具合が悪いというものだった。

率直に言ってしまえば、それでは全然感じなくなってしまった…ということだった。

『嘘だ!!　誰か嘘だと言ってくれぇっっっ!!』

これまで、全《まっと》うな健康男子として人生を歩んできた美祢にとって、この現実はそうとう衝撃的なことだった。

しかも、

『あいつとの行為があまりにショックで、体に一時的な変化をもたらしたのかな？　それとも生まれてこのかた十九年と七ヵ月、気がつかなかっただけでじつは僕って、同性愛者だったのか!?』

などなどあれこれ考えると、イカないまでも起ったモノさえ萎《な》えてくる…という、成人男子としてはあまりに過酷な日々が、数日続いたのだ。

『これじゃあ、あいつのことなんか言えないじゃん。じつは僕のほうがホモ？』

もともとド単純な美祢は、考え始めると将来的にも切実な問題として、真剣に頭をかかえ始めた。

特に、

『そういえば女性との経験はあるにはあるけど、あいつとやったときのほうが、明らかに快感は大きかったような気がするし…』

――という思考にまで発展すると、〝そんなのはもともとのキャリアの差だ〟とか、〝シチュエーションや妖しさの違いから、過剰に反応してしまっただけだ〟という全うな逃げ口上さえ浮かばず、自分の性癖について懇々《こんこん》と悩んでしまったのだ。

そしてそのまま悩みは募り、欲求は溜まり、美祢はままならない自分の体にジレンマを覚えながらも、抜くに抜けないいつらい日々をもんもんとした過ごしていた。

『ううっっっ』

失くした教科書があるという事実にも気づくことなく、また季慈との再会もなく。

美祢は人目にわかるほど落ちこみながら、ロストバージンから丸々一週間がすぎた、因縁の金曜日を迎えていた。


「美祢のやつ、いったいどうしたんだ？」

「さぁ」

しょげ返る美祢に、仲田と吉田は首を傾げるばかりだった。

『美祢？』

上田は美祢へのほのかな恋心があるだけに、落ちこむ美祢に奇妙な変化を感じ取っていた。実際はあのキスマークだらけの体を見てから、上田自身が若干おかしくなっているのもたしかなのだが。それを差し引いても、今の美祢に何かが起こっているという予感が、上田はずっと拭《ぬぐ》えずにいた。

そして当事者の美祢はといえば…。

『あーあー、いくら最近公《おおやけ》になってきてるとはいえ、やっぱり全うに世の中進みたいしなぁ〜。しかも男として生まれた限り、受けはやだよな。しかも、無理やりやられて目覚める済《な》し崩《くず》しのホモなんて、もっと嫌だ…』

それならどんなホモならいいんだ？　と、問いたところで始まらないようなことを、日中も延々と考えこんでいた。

『でも、そもそも男が好きってわけじゃないからなぁ。絶対に女のほうが好きだって自覚はあるし。今だっていないだけで、恋人にするなら可愛い子がいいな…とか思ってる。でも、あいつとの行為に感じたことはたしかで、あれ以来駄目なのもたしかだ。ってことは、もしも僕が本当は…ってやつなら、ほかの男とキスとかしても、あんなふうに感じるものなのかなぁ？』

だからどうしてそういう発想になるのかは、美祢にしかわからないことではあるが…。

とにかくそんな妖しげなことを考えているときに、美祢はたまたま心配そうに近づいてきた、上田と目が合ってしまった。

「どうした、美祢？　そろそろ台本が上がってくるのに、元気がないな」

「え…いえ…、飲みすぎかな…」

なんの気なしに上田が隣に立つと、美祢は上田と季慈は、同じぐらいの身長なんだなと思った。

そういえばこの上田とも、舞台の上とはいえキス・シーンを演じたな。

あれはあれで、かなり熱烈だったよな———と。

『部長…』

今さらのことだが思い出すと、不安定な美祢の胸はドキリとした。

「そうか、気をつけろよ。お前は主役なんだからな」

優しげに笑いかける上田が、妙にキラキラして見える。

季慈の皮肉った笑顔とは、まるで比べ物にならないさわやかさだ。

「――――上田部長」

美祢は普段気にも留めなかったが、こうして間近に見る上田の顔もルックスも、かなりな物だったんだなと思った。

タイプこそ違うが精悍《せいかん》な眼差しは夜の季慈を隣に立たせても、決して勝《まさ》るとも劣らないだろう迫力がある。

しかも断然性格がいいというあたりで、季慈とは天使と悪魔ほどの差があると。

「部長だったら…、素直に認めちゃったかなぁ？」

だが、心底から滅入っているとはいえ、何やらとんでもない発想になっている美祢の呟きは、上田に『本当にどうしたんだ？』と首を傾げさせた。

「美祢、お前、なんか…本当に変だぞ」

しかし、一度走ると暴走癖《へき》のある美祢の思考は、誰にも止めることができなかった。

「はぁ…、ちょっと…」

幸いあたりに人気《ひとけ》はなかった。

美祢は上田の顔を見上げながらも、その唇をじっと見つめていた。

もし自分に本当にその気《け》があるなら、上田相手でも何か感じるはずだと思うと、覚悟を決めて願い出た。

「あの、突然ですいませんけど、僕にキス…してみてくれませんか？」

試させてくれ――とは言わなかったが、上田に堂々とキスを強請《ねだ》った。

「はぁ？」

上田にまともな返事など、出せなかった。

だが、とうとつすぎる暴言を吐いているわりに、至って美祢は真顔だった。

どう見ても色恋で言っているふうでもないのがいささか残念だが、上田は高鳴る心臓を必死で落ち着けながらも、妥当なラインとしてこう聞き返してみた。

「演技の…ためか？」

今からシバの女王の役作りだろうか？　と勘ぐった。

「…まぁ…、そんなもんですけど」

まさか自分がホモかどうか確かめたいから…とは、さすがに口が裂けても言えなかったので、美祢にとってはありがたい問いかけだった。

「そうか…」

だが、戸惑いは見せたがチャンスは逃さない主義の上田は、快く了解すると「じゃあ」と言って美祢の顎を引き寄せる。

美祢は特に怯えるでもなく、自然に目を閉じ抱擁《ほうよう》と唇を受けた。

「――」

「――……」

夕暮れの教室でキスを交わす。

たとえそれが禁断の関係であったにしても、見目《みめ》のよさはすべてを許した。

『……違う……』

ただ、黙って上田の唇に触れると、美祢は熱くなる兆しのない自分をはっきりと感じていた。

『やり方が甘いからだろうか？』

そんなことを思うと、美祢は自分からより深く唇を合わせていき、一瞬驚いて体を引いた上田の首に自ら両腕を絡ませ、抱きついた。

『美祢っ!?』

そして、季慈に何度となく仕掛けられ、すっかり覚えさせられたあの濃厚なキスを試してみる。

「――んっ……んっ」

受けた上田は一瞬にして体が火照り、これが本当に演技に必要な代物か!?　と、思考がショートしそうになった。

けれど、それでも美祢は冷静だった。

『……やっぱり……違う……』

何がどう違うのかは定かではない。

だが、これだけ強烈にキスを交わしても胸が高鳴るわけでもなければ、欲情する兆しもない。

それを確かめて唇を離すと、美祢は呆然としている上田をよそに、一人自嘲し始めた。

「なーんだ。別に何でもないじゃん」

どうやら自分がホモかもしれないという悩みは、根本から吹っきれたようだった。

あれはたんに、やっぱり季慈が特別に技持ちなんだ。コマシだったんだぐらいに考えることで、美祢は自分の仮説にケリをつけた。

「すいませんでした、部長!! それじゃあ」

美祢は上田からとっとと離れると、じつに壮快《そうかい》そうに微笑み、さっさと挨拶をすませては、鼻歌まじりに教室を出ていった。

「な、なんだ…あいつ…?」

だが、残されたほうはそうもいかなかった。

たった今合わされた唇に、自らそっと触れてみる。

そこに残る甘い余韻は、ロミオとジュリエットで交わしたものとはまったく異なったものだった。

「すんげえ挑発だぞ、わかってんのかあいつは?」

そんなものは今の美祢にはわかるはずもないが、完全に火をつけられてしまった上田にとっては、このキスは迷い続けていた一つの想いを、ここぞとばかりに明確にしてしまうことになった。

『この想いは、錯覚でとおしたかったのにな……美祢』

ジュリエットに恋をしたロミオ。

どんなに惹かれているとわかっていても、できれば舞台の余韻ですませられないか？　と、心のどこかでは思っていたのに。

上田は自分が舞台を降りてなお、美祢に恋心を抱いているのを、ここぞとばかりに自覚してしまった。

とはいえ…。

『フフ・フフ・フ〜ン♪』

自らの悩みを解消したのと引き換えに、大きな墓穴を掘った事実にまったく気づいていない美祢は、その場を離れると気分もすっきり壮快になり、突発で入ったバイトに向かうべく、学校を出てアパートへと一度戻った。

そして、自前のYシャツと蝶ネクタイ、黒のズボンを手ごろなバッグへ詰めこむと、上機嫌で都心へと出かけていった。

『久しぶりに大使がらみの国際派パーティーかぁ〜。単発だけど、スタンバイと片づけ入れて約五時間。深夜割り増しにかかるから、しめて一万二千五百円〜♡　そのうえ即日現金で受け取りなんて、超ラッキーな仕事じゃん』

やはり、ラッキーな日にはラッキーなことが重なるんだな♡　などと浮かれながらも、今度こそ季慈との後腐れや因縁も忘れ、本日の派遣先である国内でも屈指の一流ホテル、マンデリン東京の通用口から仕事場へと入って行った。

「おはようございます！」

高校のときから知り合いのコネで年をごまかして働いていたので、美祢は都内の主だったホテルの裏口という裏口は熟知しきっていた。

それゆえに、守衛に挨拶をすますと奥へと入り、ホテルの制服のジャケットだけを借り出すと、迷うことなく派遣者用の更衣室へと向かった。

「失礼しまーす」

すると、すでにそこには十人程度の者が着替えをしていた。

年齢自体は二十代から四十代ぐらいまでと幅広いが、ホテルの専属できている者もいれば、美祢のように出張で駆り出された者も多かった。

『うわ…、すごい顔ぶれだ』

とはいえ、何度か一緒に仕事をすれば、大概の同業者の顔は覚え、どこへ行っても仲間意識で仕事ができるのがこの業界のいいところだった。が、裏を返せば顔が知れわたりすぎてしまい、些細なミスでも噂が飛び交い、笑い話のネタになってしまうので、なかなか侮《あなど》れない世界でもあった。

「よう美祢。やっぱりお前もきたな」

特に今日のように一流ホテルであるにもかかわらず、社員以外に外部からの応援を要するような特別なパーティーのときは、呼ばれる者自体にキャリアがあって、腕のたしかな配膳人ばかりなので、自然と見知った顔ばかりが集まっていた。

「あ、香山《かやま》さんどうも！」

それこそ気軽に声は交わしても、この道を本業とするプロのサービスマンばかりで、美祢にとっては尊敬する大先輩ばかりがズラリと揃う、スペシャルパーティーでの仕事だった。

「俺たちと一緒に呼ばれるようになるなんて、お前もランクあがったじゃん。今日はオールウエイター、オール黒服ってぐらいの、ハイクラスのパーティーだぜ」

そして、そんな男たちの中でも一際目を引く長身の男子二人は、美祢と同じ配膳事務所の先輩、香山晃《あきら》（二十六）と中津川啓《なかつがわけい》（二十六）だった。

「おかげ様で、中津川さんたちのご指導がいいもので♡」

香山は配膳事務所の社長の息子であり、トップサービスマンであり、また美祢さえ見とれてしまうほどのスレンダーな姿態を持つ、フェミニンな感じの美青年だった。

「そうだろう…、そうだろう♡　ま、お前のセンスもよかったけどな。でも、油断してそうするなよ。特に今日はごっつい客ばっかりらしいからな。さっき部屋持ち（会場になる部屋の責任者）が、くれぐれもって…念を押してたぐらいだから」

そしてそれに並ぶ中津川は、事務所内でも五本の指に入るサービスマンであり、また香山とは学生時代から大親友で、どちらかといえばワイルドなマスクの凛々《りり》しい好青年だった。

「ふ〜ん」

そんな二人の間に美祢が立つと、周囲は自然と視線を奪われた。

そうでなくともビシッと着こんだ黒服と蝶タイは、常に男たちをワンランク上に演出する力を持っているのに。それに加えてこの三人のように、そもそもの容姿が整った者となれば、格別といっても過言ではなかった。

サービスされるお客のみならず、同業者でも目がいくほどの、気品と華《はな》やかさだった。

「ま、とにかくさっさと終わらせて、はねたら一杯やりに行こうぜ♡ 奢ってやるよ、苦学生！」

「ラッキー」

にもかかわらず、美祢の周囲はどうしてか揃ってこんなノリの者が多かった。

「そんじゃ、着替えたらスタンバイに行くぞ」

「はい!!」

これが美祢の人徳なのかどうかは別として、美祢は奢ってもらえるアフターの予定までしっかり入れると、香山たちと共に本日担当するパーティーが行われる、宴会場へと向かった。

「それにして、相変わらず豪華絢爛《ごうかけんらん》だな〜、このボールルーム」

そこはホテル内にいくつかある宴会場の一室で、収容人数こそは三百人程度の広さしかなかったが、部屋の作りはスペシャルクラスというＶＩＰ専用のホールだった。

特に、持ちこみで施《ほどこ》されただろう装飾は一目でそうとうなものだとわかるほどの手の入れようで、かなりの数のパーティーをこなしてきた美祢でさえ、圧巻というゴージャスなパーティーだった。

「7時半スタートだから、スタンバイは手際よく頼むぞ」

しかもそれを裏づけするように、本日はホテルの支配人や宴会課部長が、自ら陣頭指揮《じんとうしき》に立っていた。

料理のセットには料理長自ら足を運び、事細かに指示を出していた。

なるほど、これは本当に失敗できないな…と実感すると、美祢はスタンバイの段階から緊張しつつも仕事に取りかかった。

「それにしても、立食パーティーのメニューにしては、すごい内容だな。最初からセッティングされてるのも、そこらへんには売ってないような高級酒ばっかりだ…」

だが、仕事に入れば入るほど、美祢は今日のパーティーのレベルの高さを実感した。

出される食事や飲み物だけではない。

セットされているグラスや食器類にしても、通常のパーティーでは見ないような特別なものばかりで。

「ウェルカムドリンクからして、質が違うなんて…」

大使がらみで国際系とは言っていたが、もしかしたらお忍びでどこかの王子様でも、招待されているのだろうか？

ニュースでは発表されていないだけで、本当は…などと、そんなことを真面目に考えてしまうぐらい、美祢にはその会場が特別なものに思えた。

「なぁなぁ中津川、このパーティーのコーディネーター、またあいつみたいだな」

「そうだな。金にこだわらない絢爛さといい、そのくせ細かい指定が随所《ずいしょ》に出されてるところといい、何より国際クラスだ。きっとあいつだな」

すると、セッティング内容を見わたしながら、香山と中津川がなにやらうなずき合った。

「誰？　あいつって？」

美祢は何気なく問いかける。

「ああ、これまでに俺とこいつがセットで行った仕事って、そうとうあるんだけどさ。そのなかでも、忘れられない企画や演出のすげえパーティーっていうのが何度かあるんだ。けど、それってあとから聞くと必ず同じやつがコーディネートしたパーティーでさ」

「そうそう、しかもそいつ英語がべらべらで通訳兼用のものすごいやつなんだ。特に一度見たら忘れないような色男でさ。多分このパーティーもそうだろうって思ったから、話してたんだよ」

「ふう〜ん…。パーティー・コーディネーターね…」

だが、あまりに自分とは次元の違う人間の話だな、世の中にはいろいろな職種があるんだな、という感想しか浮かばなかったので、美祢は香山と中津川の話をさっさと聞き流すと、ひたすら仕事に励《はげ》んでいた。

しかし、そんな美祢に災難が降りかかったのは、国際色豊かな人間が集まり、盛大なパーティーがスタートし、予定時間も半ばすぎたというころだった。

「美祢、悪いけど舞台前の右隅で通訳してる色男に、このワイン持っていってくれないか?」

そういって中津川に手渡されたのは、ホテル値では一本ン十万円は下らないという、極上の赤ワインだった。

「はい、舞台前の右隅の色男ね」

美祢は言われるままワインを持つと、ナプキンで注ぎ口を塞ぎ、人込みをスイスイとかきわけ歩いていった。

『――あれか?』

指定された客は、どうやら先ほど二人が話していた、凄腕のコーディネーターというやつらしかった。

美祢が寄っていった位置からでは、はたして彼が色男かどうかはわからないが、優雅《ゆうが》に足を組んで椅子に腰かけ、何人かの外国人を相手に流暢《りゅうちょう》な英語で話をしていた。

「お待たせしました。ワインをお持ちしました」

美祢に声をかけられると、男は会話を中断し、「ありがとう」と答えて振り返った。

本来なら美祢は、男から差し出されたグラスに、手にしていたワインを注ぐはずだった。

「げっ！　橘季慈!?」

が、目の前に突然現れたとしか思えない季慈の姿に心底から驚くと、美祢は手元が狂い、ドポドポと季慈の肩から赤ワインをかけてしまった。

「——————！」

かけられた季慈にしてもあまりにとうとつな美祢の登場に、声もあげられずに唖然となってしまった。

白のイブニングとシャツは、見る見るうちに真っ赤に染まっていく。

「なっ…、何してるんだ美祢！」

そんな二人の間にとっさにナプキンを出してきたのは、傍を通った香山だった。

香山の声と行動が、二人を同時に我に返した。

「やぁ…」

季慈の苦笑には磨きがかかっていた。

「は・は・は…。たしかに色男だわ」

美祢の脳裏には、『今後このホテルには出入り禁止だな』と過った。

それですめばいいが…きっとすまないだろうな…とも思った。

「美祢、お前はもういいから、裏へ行ってチーフをよんでこい！」

「はっ…、はい…!!」

19
Clos
DOMA

真っ赤に染まった季慈の衣類に反し、青褪めた美祢はすごすごと裏へ回った。

ざわめく客の声もウエイターの平謝りの声も耳に届いていない季慈は、四日ぶりにした対面がこれか…と、改めてため息をついた。

「お客様、大変申し訳ございませんでした。ただいまお着替えをご用意いたしますので、どうかこちらへ」

香山とホテルのお偉方に取り囲まれると、季慈は染まったイブニングをまじまじと眺めた。

「申し訳ございません、季慈さま!! 本当に…なんという失態を」

「あ…、ああ。騒がなくていいよ。僕はお客様じゃないんだから。そんなことより、君たちはほかのお客様のことだけ考えて動いてくれ。着替えは部屋に戻ってしてくるから、誰の案内も必要ない」

「――はい。かしこまりました」

黒ならともかく、白には痛い赤ワインだった。

「ところで、それはともかくこういう場合、さっきのウエイターの処分はどうなるのかな?」

「は?」

それは季慈より、美祢のほうがよほど自覚し堪えていることだろう。

「できれば僕のほうが悪かったんで、怒らないであげてほしいんだけど…」

「は?」

「知り合いなんだ、彼」

この場から消えた美祢の心情を思うと、季慈はどんなに取り繕っても苦笑しか浮かばなかった。

その後、季慈は一応自室に置いてあった黒のイブニングに着替え、パーティーそのものはどうにか乗りきった。

だが、消えたままとうとう最後まで姿を現すことはなかった美祢のほうは、裏に入るとこれでもかというほど怒られ、バイトとしてではなく、あくまでもプロの配膳人としての自覚を問われていた。

なんせ、たとえ突進されてきてもトレンチ上の物は倒すことなく躱して避《よ》けろ！　が、サービスマンの鉄則である。

それが、白ワインをかけてもブッ飛びものだが、赤ワインを客にかけるなどとは前代未聞《ぜんだいみもん》。

これはこの業界に伝説を作ったな…と、香山たちに頭をかかえられるほど、美祢の失態は大きなものだったのだ。

「今回は知り合いだということで許しをいただいたが、二度とあっては困ることだからね。仕事に入ったら知り合いでもお客様であることは変わらない。いいね」

「………はい」

そんな美祢が上層部から解放されたのは、パーティーの後片づけもすんだころだった。

精根《せいこん》尽きてヨロヨロとしながら更衣室へと戻ると、中津川と香山が苦笑しながらも、美祢にジュースを差し出してくれた。

「おつかれさん。絞られたか？」

「……はい」

ジュースを受け取りながら、ため息をつく。

「ま、こんなことも一度はあるさ…要は切り替えが大事だからな…明日の仕事までには立ち直れよ」

「………はい」

もう、それ以上の言葉しか出てこない。そんな美祢に二人は、やれやれと顔を見合わせる。

「それにしても…よかったな、お前。あの色男が庇《かば》ってくれて。上の話じゃそうとうなやつらしいじゃないか、あいつ」

「………え？」

「そうそう。今日のことで上役の首を飛ばすことぐらい、わけないらしいぜ。コーディネーターは業者じゃなくて、パーティーの主催者としてやっていたらしい。なんでもここのホテルの会長子息だとか。どうりで上が張り詰めてたわけだよな」

そう言われてから、美祢は今になってこのホテルのスイートには季慈が住んでいたことを思い出す。

「よかったな…美祢、初対面で知り合いになれるほど人のいいやつで」

「普通なら怒りまくりだぜ。それとも本当に知り合いだったのか？　あんなハイクラスの人間と」

どんなに真顔で尋ねられても、一晩ご一緒した仲です。セックスした仲なんですよ、とは言えない。

「まさか、僕とは人種が違いますよ」

むしろ、こんな言葉のほうが香山たちに簡単に信じられてしまうほど、美祢と季慈の立場はかけ離れていた。

「それでワインをブッかけたくなったのか？」

「香山さぁん！　だからあれはわざとじゃないですってば」

今となっては、わざとやってやればよかったと心に過る。

よりによって季慈に庇われ許されるなど、美祢にとっては一番やりきれない結果だった。

今週はとことん酒びたりだな…と、美祢はロッカーに擦り寄った。

着替えすますと、帰りがけに今日の日当を出されるが、とても受け取る気にはなれなかった。

だが、それはそれ、これはこれでお金は渡されてしまうことがなおさらつらい。

「気にするなって、しょせんは人間のやることだからな、ミスは絶対にないとは言いきれない。きちんと反省すれば許されるってもんだよ。第一こいつなんか、昔金屏風《びょうぶ》を椅子の足で突き破ったことあるんだぜ」

そんな美祢を気遣い、香山が中津川の失態を暴露する。

「え!?　金屏風を突き破った!?」

ざっと見積もっても時価五十万円なり。

これを失態の範囲ですませていいのか、美祢は苦笑さえも固まった。

「そうそう、こいつなんかドンデン（後片づけから次のセッティング）で丸卓転がしすぎて、新築の結婚式場の壁に傷つけた経歴の持ち主だし～」

しかし、香山にちくられ、中津川も負けずに言い返した。

新築の式場の壁に傷…果たして始末書ですんだのだろうか？

美祢は他人事ながら怖くなった。

「なんだよ！　お前なんか政治家のパーティーで乾杯のシャンパンひっくりかえして水で乾杯させたことあんじゃねぇかよ！」

「だったらお前はデシャップ（片づけに使う大型の台車）台に食器詰めすぎて、食器総倒ししたじゃないか！」

「お前こそ、一枚三万もするボーン・チャイナの飾り皿、一度に三十枚も割ったことあるだろうがっ!!」

だが、出るわ出るわしこたま出るわ。

二人の口からは十年分の仕事上のミスが、ボロボロボロボロと暴露された。

「お前なんか新婦にナンパされて、新郎怒らせて式をおしゃかにしたこともあるじゃないか!!」

「あれは俺のせいじゃないだろう!?　第一、お前だって客に一目ぼれされて仮病使われて、上の部屋までまんまと騙されて連れて行かれたくせしてっ!! 俺が気づかなかったら、今ごろ後家さんの愛人にされてたかもしれねぇじゃんよ！」

『――おいおい、それって仕事上のミスなの？』

そして二人の中傷《ちゅうしょう》合戦はしばらく続き、美祢を唖然とさせていた。が、ネタも尽きたというころには、二人とも腹をかかえて笑い出し、〝こんなもんだ〟と美祢の肩を叩いてみせた。

「な、反省すれば許されてきただろう？ 俺ら」

「そうそう。一度懲《こ》りたら二度は同じあやまちを起こさないように心がける。その素直さが大切なんだからさ」

「香山さん。中津川さん」

二人のフォローが身にしみる。

しかし、どんなに二人に慰められても、今日ばかりそう簡単には復活できなかった。

美祢は心配そうに両脇を囲む香山と中津川に悪いな…とは思いつつも、ホテルの裏口から駐車場を抜ける間中、まともに顔を上げることができなかった。

だが、そんなところにクラクションを一つ鳴らされると、美祢たちはハッとした。

反射的に振り返ると、そこには闇夜に紛れたフェラーリがあった。

「!?」

運転席からは運転手が、美祢に向かっておいでおいでをしていた。

『うわーっ、やっぱ怒ってるよ!!　あたり前か、待ち伏せまでしやがって』

美祢が十字を切りたくなったのは、すっかり私服に着替えている季慈が、サングラスをかけた悪魔に見えたから。

香山と中津川は戸惑いながらも、青褪める美祢の顔を覗きこんだ。

「さっきの、色男だよな」

「お前、方便じゃなくて、本当にあの色男と知り合いだったのかよ？」

驚いている香山と中津川に、美祢は「知ってるだけですよ」と肩を落とした。

「へー…なら、行ってやれよ。一応パーティーが終わってから、今まで待っててくれたんだろう？　こんな所で」

「そうそう、顔の広い友人は大切にしとけよ！　お疲れさん」

そう言ってそそくさと二人が立ち去ると、美祢は仕方なしに車へと寄っていった。

二人はそんな美祢を物陰から覗くと、季慈の車にたどりつくまでしっかりと見送った。

「美祢のあの嫌がりようを見てると、知り合いっていうよりはパトロンと愛人って感じだな」

「うーん。あいつ男好きしそうな顔してるから、余計にそう見える」

実際どうだかは知らないが、ずいぶんと大物の知り合いがいることはたしかなんだなと納得すると、二人は今度こそその場からは立ち去った。

そして当の美祢は、ムッとしながらも季慈のもとへと寄っていく。

「どうもすみませんでした」

開口一番で謝罪がでる。

理由はどうあれ、自分のミスはミスである。ゆえに美祢は、季慈に対して深々と頭を下げた。

「それじゃあ」

だが、季慈の返事も待たずにくるりと身を翻すと、さっさとその場を離れていった。

「ちょっ…、誰が謝ってくれって言ったんだよ!!」

季慈は車を動かすと、美祢の脇にピタリとつけ、そして再度クラクションを鳴らすと無理やり美祢の足を止めさせた。

「なんだよ！」

「何をムキになってるんだい？　乗りなよ、送るから」

「――――!?」

まさか、そのために待っていたなんていうんじゃないだろうな!?　と、思わず美祢の顔が引きつった。

「やっ、やなこった！　誰がテメェなんかに。親切ぶらないで、怒ってるなら怒りゃいいだろう！」

「何を？」

「赤ワインだよ！　別に庇ってくれなくたってよかったんだ！　どっちにしろ怒られるんだから」

美祢のつっけんどんな態度に季慈は表情を堅《かた》くすると、サングラスを外して目を合わせた。

感情のまま車から降りると、季慈は美祢の腕を強引に捕らえた。

「誰がそんなこと、いいから乗りたまえ」

だが、たとえどんな密室でも、絶対にこいつとだけは二人きりになるまいと決めた美祢の体は、異様なほど季慈との接触を避けた。

「離せよ！　送られる理由なんかねぇよ！」

「乗らなきゃこの場で犯すよ」

しかし、冷ややかな季慈の言葉に、美祢はピキーンと凍りつくだけだった。

冬浅しとはいえ、夜中の駐車場。

だが、こいつは絶対にそんなことさえおかまいなしだ!!　と決めつけている美祢の体は、ありありとわかるぐらいに引きつった。

「なるほどね」

すると、季慈はそんな美祢の姿に呆れたように呟くと、固まった美祢を力ずくで助手席へと放りこみ、すぐさま運転席に戻るとそのままホテルから車を出した。

「君がどういうふうに僕を見てるか、よくわかったよ」

季慈の言葉には、誰がこんな所でやるもんか！　冗談に決まってるじゃないか!!　との憤慨が含まれていた。

「見られるようなことをしたのはそっちだろうに！　だいたい…なんの用なのさ！　待ち伏せなん

かしやがって」

車は都心の空いた道路を走り、都下へと向かっていた。

学校に歩いて行けるほどの距離にある美祢のアパートに送るということは、そのまま部屋に戻ればいいだけだった季慈にとっては、ドライブ以外にはなんのメリットもなかった。

そのためか季慈は、あえて高速道路は使わずに、夜の街を走っていく。

「ならなんて言うんだよ！　お前がわざわざ僕を送るために待ってたって言うのかよ!?　それならワインブッ被ったお礼参りのほうが全然説得力あるじゃないか！」

季慈は美祢のキレっぷりに、まぁ…今までの成り行きから考えれば、たしかにそうだなとも思う。

だが、立て続いた仕事からようやく解放された季慈が、たまたま美祢と思いもよらないところで会った。

しかも最悪な形での再会。

自分の立場や美祢の立場を考えると、消えたそのあとが気にかかる。ゆえに、季慈は自分らしくもないと思いながらも美祢を待っていた。その行為や気持ちには、なんの策略も思惑もなかった。が、そんなことを説明しても、今の美祢は絶対に信じないだろうと諦めた。なので、あえて厳しい言い方に変えた。

「お礼参りね、自分にかぃ？」

「………は？」

「考えてごらんよ、あのホテルは僕の父の持ち物だよ。ゆくゆくは僕のものだ。ってことは、あの場にいたどんな責任者より、立場は僕のほうが上なんだ。それに、今日のパーティーの主催側の責任者も僕だったしね…」

「だから？」

「一番下の管理下のウエイターの失態とはいえ、これはホテル側の失態だ。考え方によっては、責任を問い質《ただ》していくと僕のミスみたいなものだ。それを日ごろ頑張っている中間管理職を責めたって埒《らち》はあかないだろう？　ほかのお客様への失敗じゃなかっただけ、救われたと思わなきゃ」

「だから、一介のウエイターごときの失敗に怒る気にはなれないってことかよ？」

だが、美祢は季慈の話を聞いていると、よけいに腹が立ってきた。

お前と僕とではこれほど立場が違うんだと突きつけられているようで、季慈からのフォローの言葉も、素直にフォローとしては受け取れなかった。

「そう取りたければ取りたまえ。でも、僕はそれほどセコイ男じゃないよ」

そんな美祢に対し、季慈はそれ以上のフォローはしなかった。が、これだけは言うぞということだけは言ってみた。

「もっとも、今週に限っていつも以上に毎晩毎晩働かされた大本の原因は、君の消したデータのせいだから、その辺では恨みごとの一つや二つ言いたいけどね」

「うっ」

横目でチラリと睨む季慈に、美祢は口を塞がれた思いだった。

そういえばこれはこれですっかり忘れていたが、データを消してしまったのはたった四日前のことだ。

いくら美祢が悩みに悩んでいた日々だったとはいえ、まるで何年も前の話のようだが…。

「でも、目元の傷が思った以上に軽くて安心したよ。湿布が取れるまでになってて、本当によかった」

しかも、間の空いた所にこんなことをポツリと言われると、美祢はその言葉のトーンの優しさに思わずドキリとした。

自ら薄く痣《あざ》の残った目元に手を当てると、季慈に返す言葉を探した。

『そりゃ、たいした怪我じゃないし。大袈裟《おおげさ》なんだよ。お前に安心される覚えなんかねぇよ』

しかし、頭に浮かぶ言葉の数々は、どれも声にしてしまいたい言葉ではなかった。

今季慈に対して、言いたい言葉ではなかった。

しばらくそんな間が続いたが、季慈は戸惑う美祢の心情を察すると、あえて言葉を出しやすく誘導していった。

「そのぶんだと、体のキスマークも消えるのが早そうだね♡」

「なっ…、なんだと!!」

案の定、美祢は思わず声を張りあげた。やはり罵倒だけなら考える余地もなく、美祢は発することができるらしい。

季慈は手にとってわかるような美祢の反応にほくそえむと、不思議な心地よさを感じていた。

「ムキになるなって、子供だな。イクときにはあんなに色っぽいのに」

企業と金と立場と女。

ありとあらゆる方角から今の自分を思い浮かべても、昼夜とおしてこんなふうに季慈に暴言を吐いてくる者など、皆無に等しいというのに――。

季慈にとっては美祢のそれが、とても安堵できるものになっていた。

まぁ、だからこそ、ついつい面白くなってよけいに煽ってしまうのだが。

「――ねぇ、美祢くん♡」

季慈は名前を呼びながらも軽くＣＨＵっと唇を鳴らした。

運転の合間に流れる目線が妙に妖しく、美祢は鼓動が高鳴った。

体の隅々まで見透かされているようで、ジン…と熱くなる。

「た、橘季慈っ!!　だから、お前はどうしてそうなんだって!!」

からかわれているのだとわかっていても、美祢はこの高鳴りをかき消したくて、ついつい逆情した。絶対に殴ってやる！　とばかりにシートベルトを引っ張りながらも、左手で季慈の右肩を掴んだ。

だが、季慈は右手だけをハンドルから離すと、そんな美祢を宥《なだ》めるように、というよりはさらに煽るように、肩にかかった手を握りしめた。

「ほらほら、危ないからちゃんと座って。そんなに僕としたいのかい？」

そしてその手を自分の口元へと引き寄せると、甲に口づけつつも、舌先でチロリと嘗め上げた。

「――――っ!!」

背筋がゾクリと引きつると同時に、美祢は全身がカッとなると、ブチッと切れた。

「野郎っ!!」

状況も何もかも忘れて身を乗りだすと、美祢は本気で季慈に殴りかかろうとし、右手を出した。

「――――あっ」

だが、左手を季慈に取られたままなので思うように体がきかず、出した右手は矛先《ほこさき》を変え、力任せにギアを握りしめてしまった。

「なっ!?」

当然のようだが、かけられた体重のためにギアはスライドし、前触れもなく変速させられた季慈は、思いきりハンドルを取られた。

「うわわわわっっっ!!」

しかも、運が悪いことに片手でハンドルを握っていたことが災いし、カーブに差しかかっていたために完全に車は流され、急ブレーキを踏んでも間に合わなかった。

「――――!!」

耳にアスファルトの悲鳴が響くと、フェラーリはガードレールにその美しい車体を突っこませ、エアバッグ全開で停車することになった。

「────…」

安全装備とは、ありがたいものである。

その衝撃、そのとうとつすぎる事故に、二人はしばらくエアバッグに挟まれながら言葉もなく呆然としていた。

だが左折でハンドルを取られ、しかも運転席側からガードレールに突っこんだとなれば、よほどの悪運でもない限り無傷ですむなどということはない。

『痛っ…』

案の定、意識がしっかりとしてくるにつれ、季慈は自分の左腕にかなりの痛みを感じ始めた。

『折ったか？』

季慈に確信に近い予感が走った。

『美祢は!?』

自分がこうなら美祢のほうは!?　ととっさに助手席を確かめる。

「うっつ、苦しいっ」

しかし、美祢はといえば運転席側に身を乗りだしていたために、かなり奇妙な格好で腹から腰をエアバックに支えられる形となっていた。が、頭部や肩、腕に至っては、完全に季慈の体がクッシヨンになったこともあって、ほとんど無傷の状態だった。

『――無事か』

それが一目で見てわかると、季慈は内心ホッとした。

とりあえず同乗者が無事であるなら、これも不幸中の幸いだろうと思いたかった。

『それならまぁ……!?』

とはいえ、実際の被害を目のあたりにすると、季慈は一瞬息が止まった気がした。

次第に激しくなってきた腕の痛みに声をあげるほどやわな男ではなかったが、季慈は運転席から
まざまざと広がる無残な愛車の姿を確認すると、ゾクリと背筋をなぶられると同時にプツリと切れた。

怒りも露に、これだけは言うぞ!! と叫んでしまった。

「馬鹿か君はっ！　高速だったら即死だぞ!!」

さすがに「僕のフェラーリが!!」と叫ぶほどせこくはなかったが、運が悪ければ即死じゃないか!!

今ごろあの世じゃないか!! とは訴えたかった。

なんせこの状況で怒鳴れる余力があること自体、悪運以外の何ものでもないのだから。

「なっ、だって！　そっちが妙なこと言い出すからこうなったんだろう!!」

「だってじゃないだろう!! 冗談も通じないのか、この単細胞っ！」

事故を目のあたりにした走行中の車は次々と止まり、心配して駆け寄ってくる歩行者もあとを絶

たなかった。

「都合のいいときだけ冗談ですますなよ、色情魔っ！　即物やり捨て男!!」

「君はそれしか言えないのかい!?　たまには別の言葉も言ってみろよ！　文系だろうに!!　能なしっ!!」

そのうえわいわいと集まってくる野次馬も多いなか、何もこんなときにこんな罵り合いをしなくとも…とは思うのだが、本人たちにはそれさえわからなくなっていた。

「なっ、本当のことを言われて怒るならやらなきゃいいだろうが、この煩悩《ぼんのう》男っ!!」

「うるさい！　自分だって感じて喘いだくせに今さら文句言うなよ!!」

「なんだとーっっっ!!」

というか、周りを見る余裕もないほど、今だけは相手の存在しか見えなかった。

次に言い返す罵りの言葉以外、考えようともしてはいなかった。

「なんだよ」

どこからか救急車やらパトカーのサイレンが鳴り響いてきた。

「なんだよっ!!」

ついでにＪＡＦもやってきた。

「なんなんだよっ!!」

じつに美祢が季慈の負った怪我に気がついたのは、事故処理のために車から降りたあとだったというほど、二人はそれから車内で罵り合い続けた。

「それはこっちの台詞だよっ!!」

「うっつっつ!!」

で、ここでおさらい。

消えたデータとそのために受けた株の損害ン百万円？　ン千万円!?

壊れたノートパソコンを買い替え、穴埋めにこれでもかというほど働かされ、あげくにパーティーではイタリア製の特注シルクのイブニングを赤ワインに染められ、さらは自力で取り寄せて買った漆黒のフェラーリ、輸送・改造費・合わせてこれまたン千万円!?

当然事故を起こせば自爆といっても後始末も面倒臭い。

しかも、莫大な稼ぎを叩き出すであろう利き腕、黄金の左腕に負った骨折が全治一ヵ月。

まさに〝痛手〟とはよく言ったものであるが、季慈にとってはそれが、うっかり手を出してしまった美祢の処女代に値するのかはもはやナゾだった。

それこそもしも美祢が季慈を「悪魔」と言うならば、季慈にとって美祢は「疫病神」か「貧乏神」に等しいだろう。

こんなことならかかわらなければよかった。

意地を張らずに酒代を割り勘にでもして、その場で「さよなら」でもしてしまえばよかった。

心の奥底で呟いた所でもう遅い。

たび重なる偶然と不幸に導かれ、二人は今、はっきりと見える因縁の糸に繋がれ、急接近してしていた。

「バーカ、バーカ、バーカっ!!」

「好きなだけ言ってろよ。どうせ僕のほうが知能指数は高いんだから」

「なんだとっ!!　こうなったら一度、腕ずくで目にもの見せてやる!!」

「――――痛っ!!」

しかも、より強烈に絡み始め、解くに解けない縺《もつ》れ具合になろうとしていた。

「――――!?　ちょっ、え?　まって、お前、腕!?　まさかその腕…怪我!?」

「騒がなくていいよっ…。折ってるだけだから」

「おっ、折ってるって!!　だったら先に言えよ、大間抜けっ!!　見栄っぱりっ!!　誰か救急車!!　救急隊員っ!!」

一夜限りの火遊びが、二人の持つ最凶の星を巡り合わせ、最凶の運勢を引き出してしまった。

「エッ!?　怪我人がいないと思って、帰っちゃっただとぉっ!?」

「――――…」

ただ今は、まだまだそのことには、気づいていない当人たちではあったが…。

帰られてしまった救急車に呆然としながらも、季慈はとりあえず最寄《もよ》りの病院で手当てを受けると、そのあとは自爆事故の始末のために、警察へと足を運んだ。

「いいよ、もう別に。タクシー代は僕が持つから、君はこのまま家に帰っても」

季慈は病院から警察へと移動する途中、美祢に対して一度だけこんなふうに切り出した。

「――――あっそ、じゃあお先に…って言えるか、いくら僕でも。とりあえず全部片づくまでは一緒にいるよ。同乗者として」

何度も同じことは聞かなかった。

美祢が面倒がらずに一緒にいるというなら、それでいいかと季慈は判断したのだ。

「そう…、なら」

とはいえ季慈にとって、この判断は自分としては、とてもナゾだった。

つい先ほどまで心底から腹を立て、あんなにガーガーと叫び合っていたというのに。

病院に付き添ってきた美祢に対しても、このまま警察に同行すると言った美祢に対しても、〝いいからもう消えろ〟とか、〝邪魔だ〟〝目ざわりだ〟とは思わなかった。

傍にいてくれることが〝嬉しい〟とか〝特別安心だ〟とは思わなかったが、美祢がそれでいいなら…ぐらいには自然と思えた。

『――キャラクター…ってやつなのかな？　これは彼の…』

自分の意に沿わない者など、決して近づけない。

仕事ならともかく、プライベートならなおのこと。

そういう割りきりははっきりと持っているつもりだっただけに、季慈にとって美祢の持っている人懐っこい存在感は、摩訶《まか》不思議なものがあった。


「じゃあ、あとは一応この書類に記入したら帰っていいよ――」

「はい…と、」

特に、こんなシーンは病院でもあったことだが…。

「書こうか？」

「悪いね、じゃあお願い」

「ん…」

利き腕をギブスで固定されるはめになり、いっさいの書類にサイン一つできなくなった季慈に対し、美祢はごく自然に代筆をかってでてくれた。

形の整った美しい文字で、さらりと書類をうめてくれた。

『細い線だ。まるで華奢な女の文字みたいだな』

名前に住所に生年月日…。

記載事項などそれほど複雑なものではないが、美祢は季慈の免許証を見ながら、黙々と作業してくれた。

「可愛いうえに優しい彼女でいいね、君。事故で怪我を負わせなくって、正直ホッとしてるだろう」

ただ、あまりに穏やかすぎる空気は、病院でも警察でも同じ間違いをされ…。

「違うっ!!　僕は男ですっ!!」

「――えっ…!?　しっ、失礼っ。それじゃあ、いいお友達が一緒でよかったねってことで…」

「別に一緒にいたくていたわけじゃありませんっ!!　こいつと僕は他人ですっ!!　変な勘違いしないで下さいっ!!」

「――あっ、はぁ…それは、申し訳ないっ」

美祢はそのたびにブチ切れ、季慈はうつむきながら肩を震わせた。

「くくっ」

「笑うな!!」

さすがに場所が場所だけに爆笑はできなかったが、季慈は美祢が怒るたびに、自然に笑みが漏れてはよけいに美祢を怒らせてしまった。

「それじゃあ今日はとりあえず帰っていいよ」

「――お世話になりました」

だが、そんな手続きが一とおりすむと、季慈は美祢と肩を並べて警察をあとにした。

タクシーを捕まえるべく大通りまでの道を、都会の路地の一角を、どちらからともなく同じ速度で歩いた。

「――…」

「――」

しばらくは、コツコツと靴音だけが耳に響いた。

都会の空にしては、なんだか星が綺麗に見える。

あれほど騒々しい事故のあとだというのに、二人の間には心地よい静けさがあった。

「なぁ、一つ聞いていい?」

すると、そんな静けさが逆に落ち着かなかったのか、何気なく言葉を発したのは美祢のほうだった。

「何?」

「さっさ書類書いてて思ったんだけどさ…。先週の金曜って、十一月十七日って、お前…誕生日だったんだ」

「――!!」

だから何というような質問ではないはずなのだが、季慈は美祢の問いかけに、一瞬ビクリとした。

なんともいえないほど憂いをおびた、眼差しを見せた。

「………？」

何か、そんなに変なことを聞いてしまっただろうか？　と、美祢のほうに不安が過る。

美祢は単純に誕生日の夜だっていうのに、僕みたいなのに引っかかって、お前って本当についていないのな！　ぐらいに茶化すつもりだったのだが…。

『やばっ。そもそも誕生日の夜に一人で飲みに歩いてたってほうが問題だったのかな？』

どうも話題の選び方が悪かったんだろうか？

黙ってしまった季慈相手に、なにやらドキドキハラハラとしてきた。

「…ごめん…僕、なんか悪いこと言った!?」

すると季慈は、すぐに普段の皮肉った笑みを美祢に浮かべてきた。

「いや、君が僕のプロフィールを書き写しながら、そんなことを考えていたのかと思ったら、ちょっとビックリしただけだよ」

嫌というほど記憶に残る、魅惑的な笑顔を向けてきた。

「――――え？　そんなこと？」

「そ。これって僕の誕生日に、バージンをプレゼントしたことになるのかなぁ～？　とか」

しかも、嫌味ったらしいまでの勝手な解釈で。

「なっ、何!?」

「こいつ、きっと一生十九の誕生日と僕のことだけは、忘れないだろうな〜とか。いっそこの機会に恋人になってみたら、毎年こいつの誕生日が初夜記念日になるのかな〜…とかさ♡」

美祢がドキリとした一瞬の季慈の憂《うれ》いさえ、すっかり忘れて怒りも露になるような、そんな暴言を季慈はわざとらしく並べたてた。

「そんなわけないだろうが!! 誰が考えるかそんなこと!!」

美祢は季慈にまんまとのせられ、吠《ほ》えてしまった。

「じゃあ、どんなつもりだったの？ 来年はプレゼントでもくれるつもりだったの？」

よせばいいのに、さらにからかう。

「そうじゃねぇよ！ ただ、せっかくの誕生日だったのに、僕みたいなのに引っかかって気の毒だったなって、笑ってやろうと思っただけだよ!! 別に記念だのプレゼントだの考えて、言ったわけじゃない!!」

こうなると、季慈も美祢も罵り合い再び状態だった。

自分たちがいつの間にか路地から大通りに出ていることにさえ、わかっていなかった。

それどころか、歩道を歩く二人の脇を、すでに何台かの空車タクシーが通りすぎたことさえ気づいておらず…。

「あっははは。それはたしかに。君みたいなのに引っかからなければ、っていうより君自身に興味を持たなければ、たかが一週間の間にこんなに被害を受けることはなかったかもしれないものね」

「――――くっ…てめぇっ。自分だけ被害者面してんじゃねぇよっ!!」

どちらか一方がそれに気づき、手を上げて車を止めれば、この馬鹿な言い合いは終わりになるはずなのに。

季慈にしても美祢にしても、今は相手の存在と暴言にしか気が回っていなかった。

二人が二人して、早くこの状況を終わらせてしまおうという、気持ちがなかった。

「でも、あまりに突拍子もない出来事の連続だったおかげで、僕は自分の誕生日も、誕生日に嘆《なげ》くことも忘れていたから、それには感謝するよ」

そしてそんな会話の中で、季慈は美祢に対してふと本音を漏らした。

「――――えっ!?」

「僕の誕生日って、兄の命日なんだ。そして、僕の夢の終焉《しゅうえん》日でもある――――」

他人にこんなことまで口にするのは、初めてかもしれない。

そう思うようなことを、自然と言葉にしていた。

「――――!?」

「その年を境《さかい》に、僕は誕生日を祝えなくなった。それどころか、何もこんなにすべての災難が、この日に重ならなくてもいいのにって…思うようになった」

通りすぎる車の音が、会話の強弱からわかる季慈の心情を、美祢にわかりにくくさせていた。

「結局神様なんていない。神様からの祝福なんてものもない。だから、それ以来誕生日は祝ってない。これからも必要ない。今の今までそう思って、なのに忘れることもできずに、誕生日を迎えるたびに嫌な思いをしてきた。一晩中考えこんで、苦笑して、眠れない夜をすごしてた」

特に横からしか見えない季慈の表情は、正面で向かい合うときほど、美祢に本心を探らせてはくれなかった。

「でも、先週は違う。今年の誕生日は違う。君からこんなことを切り出されるまで、まるっきり覚えてなかった。君とはもめっぱなしだし、腹は立ちっぱなしだし、いいことなんかあったかな〜って感じはするけど、それ以上の苦痛も何一つ思い出さなかった。問題はあるけど心行《ゆ》くまで飲み明かして、乾杯もして。肉体的にも気持ちのいい思いをして、ぐっすりと朝まで眠った。これは、最近疲れ気味だった僕にとっては、何よりのプレゼントだったよ。いないと思っていた神様が存在をアピールしてきたような、プレゼントかなって思うような…ね」

『――――お前』

ただ、それでも美祢がこの瞬間に見た季慈の心の断片は、今までにはまったく見えていなかった姿だと思えた。

「ただし、僕にプレゼントをくれたのは、どうやら疫病神か貧乏神らしいけどね」

「なっ、なんだって!!」

特に美祢の同情を誘っているわけでも、何か策があって話をしているわけでもないのが、季慈がなんとなく美祢に明かした自分の一部は、美祢が『もしかしたらこれがこいつの、素《す》なのかな?』

と思える、新たな季慈の発見だった。

「だってそうだろう？　たった一週間だっていうのに、この損害にこの腕だよ。これが神の試練だというなら、はっきりいって僕はグレるよ」

「よく言うよっ!!　これ以上どうやってグレるんだよ!!　限界までグレてやがるくせして!!」

「それはひどい誤解だな〜。こんなに真面目なのに」

「一度広辞苑で真面目って単語を引き直せ」

「だったら君は、口は災いの元ってことわざを、小学校に戻って学び直しておいで」

「───てめぇっっっ!!　まだやろうっていうのか!?」

キャリアバリバリのイケイケ御曹司でもなければ、学長子息の勉強おたくでもなく。

「あ、空車だ!!　止めなきゃ！　走るよ、美祢くん!!」

「話を逸らすなよ!!」

「いいからいいから。止まったよ、乗ろう!!」

「なっ!!　乗ろうってなんだよ、乗ろうって!!　どうしてお前が一緒にタクシーに乗るんだよ!!　僕は一人で帰るよっ!!」

美祢と同じ十九歳の。

まだまだ未成年であり、大学生の。

「それは駄目♡　今夜は僕が送るって言っただろう？　赤ワインを被ったお礼に───ね」

「――――くっ!!　人がせっかく忘れてたのにっっっ」

肩を並べて歩くこともできる。

ふざけた話もけっこうできる。

そして対等に喧嘩さえできる。

「さ、乗った乗った。ごねてると朝になっちゃうよ。それともこのまま、近場のホテルにでも入る？　なんなら真っ赤に染まったイブニングの分、体で支払わせてあげるよ」

「だっ、誰がっ!!　乗りゃいいんだろう!!　乗りゃ!!　ちくしょうっっっ!!」

一人の同級生としての季慈。

もしかしたら今後の美祢にとっては、一番危険で一番厄介な、橘季慈という人間の発見だった。

おしまい♡

■あとがき■

こんにちは♡　日向唯稀《ひゅうがゆき》です。このたびは『誘惑《ゆうわく》』をお手にとっていただきまして、ありがとうございました。

本作は、日向にとっては初めての雑誌からのノベルズ化（もちろん、改訂加筆・書き下ろしあり☆）ということもあって、なんだかこれまでとは勝手が違ってドキドキしておりますが、いかがなものでしたでしょう？　私的にはこの話は、その昔「アニパロからオリジナルへ」「同人誌から商業誌へ」と向かうきっかけになった思い出深いというか思い入れ深い一作なので、愛情も過多なぶんだけ緊張しているみたいなのですが（笑）。喜んでいただけることだけを、今は祈りながらコレを書いております。

さてさて、こんなところでまた「ごめんなさい」もなんだな…とは思うのですが、この本の前後では担当様ならびに香住《かすみ》ちゃんにご迷惑をおかけしております（って、現在進行形かい!!）。

本当なら、『誘惑』の前にマイダーリン♡シリーズの最新作が先に出るはずだったのですが、去年体を壊してペースを狂わせてからいまだに回復できておらず、発行順が一部とっかえひっかえになってしまったりしています。いえ、おかげさまでどうにか体のほうは回復したのですが、その直後に父が倒れ、子供が入院し、あれやこれやと家内騒動が立て続き、しかもいまだに落ち着いておらずという状態で…苦《にが》。今年に入って出ている本は、本当にやっとこさっとこ書き上げたものを各社の担当様と各本の挿絵様が必死に必死にフォローしてくださって出ているものばかりです。正直言ってしまうと、どうして本が出てるんだか不思議なほど申し訳ない状態です。もう、自分が情けないやらなんやらで、日本中どこにも足を向けて寝れません（涙）。

ただ、自分がどんなにハーハーした状況のときでも、担当さんの声を聞いたり、FAXされてくる表紙や挿絵のラフを見たりすると、本当に元気づけられました。早く締め切りに追いついて、そしてまた元どおり余裕をもって原稿を書き上げられるようになって、この罪悪感から一刻も早く抜けなきゃって気持ちが深まりました。もちろん、お手紙やメールで「次回作を待ってます」と伝えてくださる読者様にも多大なエネルギーをいただきました。大感謝です。

でも、そんななかでも特に事情通の相棒ということもあって、香住ちゃんにはスペシャル迷惑をかけました。いや、今も公私共にかけまくっております。ごめんね。そのうちまたトーン貼るから許してね。今回も本当にありがとう♡　季慈《きいつ》も遥《はるか》ちゃんもすっごく素敵よ（涙）。この本、また二人で出してもらえて、本当によかったよね。次もお互いにがんばろうね☆

ということで、近月中にはシリーズも大詰めとなった『憂鬱《ゆううつ》なマイダーリン♡』が出ますので、よろしくお願いします。季慈&遥とはまた違ったムードの英二《えいじ》&菜月《なつき》で、お会いできることを心より祈っております。

それでは☆

日向唯稀♡

■初出一覧■
誘惑／ひかりコーポレーション 1996年
改訂加筆

日向唯稀先生、香住真由先生にお便りを
〒101－0061東京都千代田区三崎町3－6－5原島本店ビル2F
コミックハウス　第5編集部気付
日向唯稀先生　　香住真由先生
編集部へのご意見・ご希望もお待ちしております。

著　者────日向唯稀
発行人────野田正修
発行所────株式会社茜新社
〒101-0061　東京都千代田区三崎町3－6－5
原島本店ビル1F
編集　03(3230)1641　販売　03(3222)1977
FAX　03(3222)1985　振替　00170-1-39368
DTP────株式会社公栄社
印刷────新日本印刷株式会社
製本────東京美術紙工事業協同組合

縛られたくなる恋の罠

せんとうしずく　イラスト・滝りんが

小さな下宿『きさらぎ荘』の一人息子、郁太は下宿人のみんなにかわいがられている高校生だ。この春、下宿人の蒼さんの後輩、剣が新しい下宿人としてやってきた。でも剣はとんでもない猫かぶりで、郁太の弱みにつけこんで関係を強要してくるようなヤツだった⁉

フィッティングも恋も僕のもの

猫島瞳子　イラスト・藤井咲耶

下着メーカーの跡継ぎの聡志は偽名でバイトすることに。ただでさえ嫌々なのに、上司の北川チーフデザイナーの悪口を本人に聞かれてしまい、以来名前も呼んでもらえない毎日。聡志は北川のことをホモと疑っていたが、なんとただの曲線フェチのレースマニアだった⁉

決戦は社員旅行!!

川桃わん　イラスト・九月うー

入社四ヵ月のドジでのろまな行人は、いつもしっかり者の同僚、尚輝に過保護なほど面倒をみられている。そんなある日、会社の飲み会でしこたま飲んだ行人は、前後不覚のまま尚輝と関係をもたらされてしまった!!　川桃リーマンワールドのベストコレクション。

世界で一番かわいいペット

由比まき　イラスト・すがはら竜

学園の帝王、だけど退屈な鷹久は、最近面白いものをゲットした。それは従順で人目をひいて鷹久を飽きさせない、ワケあり転校生の歩。世間知らずで、盲信的に鷹久を尊敬している歩をいろいろな場所に連れ回して、主に裏の社会勉強をさせていた鷹久だったが……？

彼と愛のトレーニング

小林　蒼　　イラスト・佐々成美

マラソン選手の名岡に憧れ、由輝は高校卒業後実業団入りした。そんなとき、偶然ジャグジーで名岡と、彼のランパートナーの壱嘉とはちあわせ、名岡は壱嘉にいじめられる由輝を助けてくれる。その後ロッカールームで名岡に誘われるままHしてしまうのだが——？

俺がいなきゃダメだろ？

谷崎　泉　　イラスト・神鏡　智

のんきでだるい高校生活を満喫するキクの前に新米教師が立ちふさがった⁉　新入生にも見えるその先生・ナオちゃんのカレーうどんをいたずらで食べたことでますます目をつけられてしまう。だが熱血教師かに見えたその実態はトロくてどんくさい子犬のようなヒトで…。

森宮♡純情ハイスクール

らんどう涼　　イラスト・三島一彦

好きだったひーちゃんに会えるのを楽しみに天音は昔住んでいた町へ戻ってきたがひーちゃんには会えず、転校先の森宮学園では初対面の志賀には嫌味を言われ、上級生には襲われかけ、今度は天音が不良たちの集まりという裏生徒会のリーダーの恋人だという噂が流れ？

恋はハチミツ味♡

小笠原あやの　　イラスト・松本テマリ

家出した高校生の市加は、憧れの少女小説家・椎名ユウの書生になりたくて家に押しかけたが、対応してくれたのは強面の男で、「住み込みで働かせてください！」と頼む市加に嫌味ばかり。そのあげく、椎名ユウのかわりにサイン会に出ろと言い出して——⁉

不埒なマイダーリン♡

日向唯稀　イラスト・香住真由

菜月はケダモノなダーリン・英二と熱愛中♡　もとは浮気した恋人へあてつけるつもりで、恋人のふりを英二に頼んだのだがふたりはいまや〝一生ものの恋人〟なのだ。ところがそこに突然嵐のように強力な恋敵が現れて!?　ますます目が離せないマイダーリン♡シリーズ!!

ひみつをあげる♥

姫野百合　イラスト・かんべあきら

小さいころから優等生だった能勢永は、恋愛ごとに興味が無く、あるのはテストで一番をとること。だが、中間テストで一番をとったものの満点ではなく、ショックで具合が悪くなったところを通りがかった生徒会副会長の斯波先輩にムリヤリ保健室に連れて行かれて…。

それでもキライ!

猫島瞳子　イラスト・西村しゅうこ

関西人の佐伯貴弘は、ホモな関東人の浜野和志と同僚になってしまった。さらに取引先の研究室に和志の友人のカインが来日。そんな時、貴弘は近隣の住人からホモ疑惑をかけられ部屋を飛び出すハメに。しかし、押しかけた和志のマンションにはカインが同居していて!?

あぶない指先

結城一美　イラスト・緒田涼歌

先輩にエステティックサロンに連れてこられた暁は、窮地に陥ったところをチーフアドバイザーの信也に助けられ心酔する。信也に会いたくて暁はエステに通いはじめ、信也の指先に感じてしまう。仕事に私情は挟まない主義の信也も、暁の一途な想いにひかれはじめ——。

辛口シュークリーム

由比まき

イラスト・影木栄貴

偏屈だったばあちゃんの遺言のおかげで、高史は作ったこともないシュークリーム作りで勝負をするハメに！　不器用な高史のために講師として、焼き菓子コンテストで輝かしい経歴を持つ男・淡島がよばれる。しかし失敗ばかりの高史にとんでもなくHなおしおきを…？

サイアクな愛のおまじない!?

猫島瞳子

イラスト・櫻井しゅしゅしゅ

失業してしまった亨は出勤最終日に終電を逃し、野宿していたところを親切な人に拾われた。その人の家には一人息子の大祐がいて、亨を家政夫として住みこませることに決めてしまう。その晩からなぜか父子交代で『いい夢を見るおまじない』とスキンシップを求められ!?

キュートな君はキラキラミラクル

藤村裕香

イラスト・島崎刻也

キュートな高校一年生の黒岩剛は、学校一のプリンスで問題児の葛城凪に一目惚れされ、プロポーズされてしまう。いやがる剛を助けるため、クラスメイトの秋月静と三上伸吾が立ち上がるが、勘違いされ4角関係に。恋に燃える凪のサディストっぷりは暴走し――!?

嘘つきなくちびる

月上ひなこ

イラスト・如月弘鷹

千尋は憧れの同級生・勇吾にホモと勘違いされ、まっとうな道に戻すためと監視されることになった。千尋には実は女子高生作家・桂木綾であるという秘密があり、担当編集者の根本が千尋をカンヅメすべくやってきたのを見た勇吾は、愛人が迎えにきたと勘違いして!?

Ovis NOVELS BACK NUMBER

その気にさせてっ!

磯崎なお

イラスト・円陣闇丸

この夏高校を中退した純は元同級生に絡まれているところを優男ふうの男前・秀治に助けられる。そのケンカの強さに惹かれた純は秀治が勤める喫茶店へ出向くが、秀治に冷たくあしらわれてしまう。しかし、ひょんなことからその店でバイトをすることになった純は…?

秘密の恋でもいいじゃない

松岡裕太

イラスト・藤井咲耶

飯田智弘は代理教師として赴任した学校のプールで溺れていたところを風見恵に助けられ、そのお礼に、と言いくるめられつきあうことに。先生に教えて欲しいことがあるという恵にのせられ、見事に陥落してしまう。禁スキャンダルの立場も自覚した恋心はとめられない!?

胸さわぎのマリオネット

水島 忍

イラスト・明神 翼

由也は元生徒会長の鷹野と誰もがうらやむほどのラブラブっぷり。あるとき、鷹野が運転するバイクにタンデムしていた由也は、事故に遭い鷹野との記憶をなくしてしまう。親友の明良たちの心配をよそにマイペースの由也だが、恋人と名乗れない鷹野のせつない想いは―。

迷惑だろうと恋は始まる

相良友絵

イラスト・緋色れーいち

人類みなホモなのか――!? 男に襲われ続ける直樹がホモから逃れようと無人島購入計画へ走る『強引な人々』。男同士の「濡れ場」を覗いてしまったことからホモへの転換を図る『迷惑だろうと恋は始まる』など、迫られる恐怖に笑わずにはいられない怒濤のコメディ集!!

エッチな恋の特効薬

せんとうしずく　イラスト・すがはら竜

可愛くてちょっぴりおボケな高校生・世斗は、キレイな沙南先輩とカッコイイ神牙先輩に突然告白され、以来二人同時にエッチに迫られる毎日に。どっちか選ばなきゃと思うけど二人にエッチなことをされると、気持ちよすぎてもっとして欲しくなっちゃうボクって淫乱!?

いじわる上手なエゴイスト

猫島瞳子　イラスト・九月うー

生命保険会社の所長になりたての脩平は、胃薬を齧っていたところを、営業所トップの長沢に目撃され、成績向上とひきかえにひと晩つきあえと取り引きを持ちかけられた。脩平はいやいやながら取り引きをするが、それ以来、長沢はカラダの関係を強要してきて…?

恋の奇跡を教えてほしい

姫野百合　イラスト・三島一彦

フツーの高校生の西嶋充は夜中の埠頭で、急に現れた男にいきなりキスをされてしまった。あわてて逃げ出したものの、後日知らない男たちに拉致られ、連れて行かれた先には充のファースト・キスを奪った男・阿久津がいた——!?

見えない首輪

青柳うさぎ　イラスト・すがはら竜

葵は同じ剣道場に通う武尊から〝ペット〟になるバイトの話を持ちかけられる。はじめは着ぐるみを着て一緒にいるだけだったが、しだいに武尊は強い独占欲を示すようになる。葵は酔った道場主の先生と一緒のところを見てキレた武尊に無理矢理エロいお仕置きをされて!?

OVIS NOVELS

第2回 オヴィス大賞 原稿募集中！

あなたの「妄想大爆発！」なストーリーを送ってみませんか？

ィスノベルズ＆オヴィス ディップではパワーある新人作家を募集しています。

作品内容　オヴィスノベルズ＆オヴィスディップにふさわしい、商業誌未発表のオリジナル作品。商業誌未発表であれば同人誌も可です。ただし二重投稿禁止。
※編集の方針により、シリアスもの・ファンタジーもの・時代もの女装シーンの多いものは選外とさせていただきます。

応募規定　資格…年齢・性別・プロアマ問いません。
枚数…400字詰め原稿用紙を一枚として、
①長編　300枚～600枚
②中短編　70枚～150枚
※ワープロの場合20字×20行とする
①800字以内のあらすじを添付。
※あらすじは必ずラストまで書くこと。
②作品には通しナンバーを記入。
③右上をクリップ等で束ねる。
④作品と同封で、住所・氏名・ペンネーム・年齢・職業（学校名）・電話番号・作品のタイトルを記入した用紙と、今までに完成させた作品本数・他社を含む投稿歴・創作年数を記入した自己ＰＲ文を送ってください。

締め切り　２００２年８月末日（必着）
※年１回募集、毎年８月末日必着

作品を送るときの注意事項

★原稿は鉛筆書きは不可です。手書きの場合は黒ペン、または、ボールペンを使用してください。
★原稿の返却を希望する方は、返信用の封筒を同封してください。（封筒には返却先の住所を書き、送付時と同額の切手を貼ってください）。批評とともに原稿をお返しします。
★受賞作品の出版権は茜新社に帰属するものとします。
★オヴィスノベルズまたはオヴィスディップで発表された場合、当社規定の原稿料をお支払いいたします。

応募お待ちしています！

応募先
〒101-0061　東京都千代田区三崎町3-6-5
原島本店ビル2Ｆ
コミックハウス　第５編集部
第２回オヴィス大賞係